# Nebraska
## Miguel Gomes

Producción Editorial
MONROY EDITOR
Douglas Monroy

Coordinación
COLECCIÓN NARRATIVA
CONTEMPORÁNEA
Violeta Rojo

Corrección
Henry Arrayago
María Amparo Pocoví

Diseño gráfico
Zilah Rojas

Community Manager
Rafael Monroy

Gerencia de Administración
Evelyn Ramos

Portada
Fran Beaufrand

Retrato del autor
Vasco Szinetar

Primera edición: 2023
Caracas - New York
ISBN 979-8-218-17442-2

©Miguel Gomes, 2023
Autor representado por Silvia Bastos, S.L.,
Agencia Literaria
©Monroy Editor, 2023

monroyeditor@gmail.com
www.monroyeditor.com

# Nebraska

**Miguel Gomes**

*Estas diferencias sobre contrapuntos*
*de Marco Denevi y Julio Ramón Ribeyro*
*van dedicadas a*
*Javier de Navascués, Olinda Morales*
*y Antonio García Lozada.*

Tengo una pequeña sombra que entra y sale conmigo.

Robert Louis Stevenson

Contra los miopes: —¿Creéis que es una obra
descosida porque se os presenta en trozos
(y porque es preciso presentarla así)?

Friedrich Nietzsche

# ÍNDICE

# Bourbon, NE

Fue Goethe, si no me equivoco, quien aseguró que jamás había oído hablar de un crimen que en el fondo se sintiese incapaz de cometer. Por muchos años me abstuve de seguir su ejemplo, lo que explica mi incapacidad, también por muchos años, de portarme como buen padre con mi soberbia, mis rencores o sus vástagos. La parentela, por cierto, es numerosa; cohabita, como dicen que lo hacen los granjeros cuellirrojos, con barbas excesivas y sombreros perforados: tienen hijos entre sí, y estos, a su vez, entre sí y estos, a su vez, entre sí, hasta que la melcocha no se entiende y todos son uno: un solo-único-tarado-inmenso individuo que acapara el espíritu del pueblo, el *Volksgeist*, como decimos los profesores –bueno, fui uno– en ocasiones formales en las que nos toca disertar sobre el Romanticismo. Prometo no ponerme romántico: tengo una historia por delante. Si logro contarla será por saber olvidar mis hábitos gremiales. No va a ser fácil, y se verá por qué.

¿Crímenes? El término, en mi caso, debería ser menos judicial. Probemos con el Mal (mayúscula donde corresponde). Desde hace unos momentos pienso que el mismo Diablo me ha aconsejado que escriba: es la única celebridad de la planta baja con talento literario real. Orfeo con su orfeón de liróforos no cuenta, porque no contaba: cantaba –dejemos a los poetas en su jardín ameno–. Si tiene talento el Diablo es porque regenta la prosa y sus argumentos son intrincados, impredecibles, mientras que los que les debemos a sus rivales... Digamos que el Bien no tiene entre sus ventajas ni el suspenso ni el interés. A mí me atosigaron las preguntas, las inseguridades, los miedos, aunque de lejos pierdan su importancia. Nunca he sido héroe; a lo sumo ayudante de héroe, como Sancho Panza, si tal rango se admite en historias como la presente, en la cual nadie, ni yo mismo, debe sentirse aludido, incluso si ha tenido problemas de bragueta. Lo anterior requiere, como mínimo, una glosa, que tarde o temprano vendrá.

Todo aconteció por la época en que comencé a perder las alas; al principio, imperceptiblemente, dejando un rastro de plumas por los corredores del Grandfather Hall; luego, de manera alarmante, enseñando los muñones pelados e inservibles que antaño me llevaban de viaje, permitiéndome volar de Caracas a Figueira da Foz; de allí a Nueva Inglaterra; de allí, enseguida, al corazón de los tenebrosos corazones de las Grandes Praderas, patria del ganado, los cereales y el aburrimiento. Un día hasta los viles tocones cayeron, y mis espaldas se hicieron más humanas cuando me las veía en el espejo. Todo esto –todo eso– sucedió en aquellos tiempos. Hoy me pregunto si nada más que para llegar a estas líneas.

La elección de palabras es forzosa. Me resulta la vida parecida a una pantalla en la que se proyectaban películas de las que me juzgaba ajeno. Un día me desplomaría; envejecería ensuciando con hollín lo que antes, en mis convicciones, estaba iluminado y en el centro del escenario. Me interesé no solo en los demás, sino en mí mismo cuando la trama se me hizo arcana; una madeja, quizá no infernal (como el Diablo lo sugiere) y sí fatigosa, sin puerto. La admisión del Mal me daría las primeras pistas para intuir el rumbo (nadie se comprende del todo).

En fin –o ¿será en principio?–: *Musa mihi causas memora*, etc.

\* \* \*

Un buen día intenté escribirle una carta a Fernando Fuentes; era tan urgente como cada una de las que le había mandado desde mi llegada a los Estados Unidos. Fernando detestaba los sarampiones tecnológicos que, según él, la humanidad tenía en exceso, así que jamás se apuntó a las hordas del correo electrónico. Yo, a finales de los años noventa –sí, en el milenio pasado– intenté convencerlo de la utilidad del famoso e-mail; él perseveró en sus creencias y sentenció que aquellos eran los juguetes de los niños eternos, dictadores de las fiebres, las modas, las famas de un trimestre. Que gracias, pero que no: estaba crecidito para ceder a las máquinas; para colmo, casi sordo y el teléfono no era una alternativa. Insistimos yo en lo mío y él en lo suyo, hasta que saqué la conclusión de que tenía que escribirle a la vieja usanza una larga carta. Al principio, me lo tomé con varios granos de sal. No ignoré que, cuando a la mayoría de mis conocidos los alcanzó la peste del Facebook y el Twitter, me había sorprendido a mí mismo repitiendo los argumentos de mi maestro:

—Yo no soy tan importante para creer que la gente va a estar pendiente de verme o escucharme los píos.

O, también:

—No quiero saber de redes. Solo aspiro a ser un escritor menor.

Maestro: Fernando lo había sido mientras viví en Caracas. Él me ofreció el salvoconducto que me liberó de una ciudad en la que notó, sin que yo emitiera nada asociable a un lamento, que me sentía atrapado. Tan angustiado estaba que hasta consideré mudarme a la tierra de mis padres. El posgrado en Coímbra no era una mala opción, pero la vida universitaria portuguesa era más rígida para quienes no se habían licenciado allá y carecían de los contactos: en un par de meses me di cuenta. Con todo y que la infaltable *menina dos olhos verdes* por poco me hace cambiar de opinión, Venezuela se me volvió imperiosa al cabo del primer año. Ya en Caracas, no tuve que pedirle a Fernando que empezara a movilizar sus contactos en el Norte. Para mi alivio: me fui a estudiar a Boston y Venezuela colapsó. Juro que no hui: en esos momentos nadie imaginaba lo que se le cernía al país, hasta la noche de hoy (increíble que andemos a saltos por el tercer milenio A. D.). Me fui a Massachusetts a mediados de los ochenta, cuando mis compañeros se alteraban pensando que la cosa estaba difícil y sin adivinar que seguían todavía en la sucursal del cielo, como recuerdo que se decía. Fernando me enseñó a escribir razonablemente bien; me animó a publicar; me puso en contacto con quien debía estarlo. Padrino sin mafia, lleno de bondades. Me hizo una carta de recomendación. Antes me había tirado de las orejas porque yo estaba estudiando solamente latín, griego, italiano, francés; que adónde pensaba ir en este mundo; así que por sus reprimendas me matriculé en los cursos habidos y por haber de inglés; me senté como poseso a leer al Bardo en el original, a Donne, a Blake, a Poe, a Christina Rosetti, a Dickinson, a Auden, a e. e. cummings y los demás que deben leerse antes de los veinte. Fernando era del parecer que adquirir idiomas y cultura literaria son actos similares: no importa cuántas veces se lea y relea un clásico; si no es en la adolescencia, no echamos raíces en él. Santas palabras que hoy me atrevo a desmentir menos que en aquel entonces. Fernando hasta una noviecita del Norte me buscó (exagero, pero en cierta forma se la debí), una chica de New Hampshire que lo visitaba en casa para entrevistarlo porque Fuentes era el tema de su tesis, y ella andaba de visita en Caracas, becada por su universidad. Con Rebecca (ay, *soft emerald eyes*) aprendí el inglés que los libros no enseñan. Fue la que me facilitó el gran traslado. Cortamos –o, más bien, porque no fue brusco ni claro, nos dejamos– poco después, cuando le ofrecieron trabajo en la Costa Oeste y tuve que quedarme a acabar el doctorado en la Este. Pero esa historia no la contaré acá... A Fernando, en fin, a sus primeros años profesionales en Berkeley, a las circunstancias de su hogar, debo el haberme perdido del Caracazo en 1989, los dos golpes de Estado de 1992, el harakiri con sable bolivariano de 1998, la prolongada descomposición del cadáver insepulto.

En la carta que le escribía al profesor Fuentes le preguntaba sobre su salud. Justo un año antes de irme a los Estados Unidos le diagnosticaron una esclerosis que pronto me describió como múltiple y, después, como irreversible. Maligna, fue el término que usó al ponerse a hipar en una de nuestras conversaciones telefónicas, de cuando le quedaba audición y yo solo tenía que gritarle. Entendí la gravedad del asunto, porque ni siquiera sospechaba que Fernando Fuentes llorase; él era, para mí, la serenidad encarnada: fuimos amigos, aunque nuestros papeles de maestro y discípulo no los habíamos abandonado del todo. Malignidad se transformó en parálisis. La única vez que regresé a Caracas, en 2013, lo visité en su quinta de Santa Sofía, donde su mujer lo cuidaba como si fuese una enfermera, y hecha a su oficio. Coincidencia que tantas veces habíamos celebrado, ella también se llamaba Sofía –sin tilde, pero igual se la pondré aquí, para evitarle disgustos al corrector de pruebas– y, si siempre parecía dedicada al marido, ahora la dedicación rayaba en devota, con resignación escéptica ante los dobleces de la vida. Sofía me abrió la puerta, me abrazó y besó con una intensidad para la que no estaba preparado. Cuando me dejó pasar comprendí la razón: Fernando apenas podía separarse de la cama. Unos días después repetí la visita y me esperaba, luego de un tremendo esfuerzo, en silla de ruedas. En los últimos meses la parálisis había progresado a paso firme (mal rayo parta los clichés). Encima, porque las desgracias se hacen compañía, una cadena de complicaciones debidas a neuromas acústicos y a una calcificación aguda del tímpano, que se resistían a los tratamientos, lo dejó, como he apuntado, sordo. De tanto vociferar, los encuentros se me hicieron penosos. Él sonreía. Allí me percaté de que Fernando era para mí más que un exprofesor o un amigo. No es fácil ver a los padres que nuestra imaginación elige entregados a la incomunicación, a la inmovilidad, sentados con una manta en el regazo (en pleno trópico) y piernas que parecían no haber sostenido un cuerpo.

En mi carta, la que tenía que redactar en Lincoln, NE, porque era una manera de hacer feliz a Fernando, indagaba acerca de su salud y la de Sofía, víctima de quebrantos (por si algo faltara en el cuadro). Ella le llevaba cinco años, y yo no quería ni barruntar lo que sucedería si Fernando enviudase. No tenían descendencia; él había sido hijo único; prácticamente no le quedaban parientes sino de parte de Sofía, todos en el extrarradio de Mantua, donde ella había nacido y del que se había desarraigado para ir a los Estados Unidos. Allí conoció al marido. Allí decidieron mudarse a Venezuela: eran otros tiempos, los sesenta, cuando el país seguía atrayendo inmigrantes de Europa (como mis padres). En mis cartas a Fernando le preguntaba por Caracas, cómo la veía, qué se sabía de los escritores con los que teníamos amistad.

Más importante, le preguntaba sobre mí mismo.

No se trataba de egolatría: en Lincoln no intimaba con nadie –particularmente con mi mujer, de quien me divorciaría; y en nuestros últimos años de convivencia fue imposible hablar–. Fernando jamás había dejado de darme el consejo preciso. A la mitad de mi vida profesional en el Norte ya echaba de menos, incluso más que antes, su trato cotidiano. Llamarlo por teléfono no era una alternativa, y las últimas ocasiones fueron accidentadas tanto por su pérdida de audición como porque Fernando se quejaba de que le costaba llevarse el auricular a la oreja: una de las manos la tenía casi tan inmóvil como las piernas; la otra empezaba a endurecérsele. Así lo describía. No recuerdo si su teléfono tenía altoparlante. El hecho es que Sofía le sostenía las cartas o los libros para que él pudiese leerlos.

Con imágenes mentales como aquellas, lo único que me consolaba (consuelo de necios) era no sentirme dichoso de mis propias circunstancias. Vivía en esos días en mi sótano; bien acondicionado, cierto, pero sótano al fin: apartamento lo llamaba el propietario de la casa.

Lo que me importaba era que el sitio estaba cerca de la universidad y había paz para escribir. La planta baja no estaba habitada, porque el dueño se había mudado a Omaha y quería reservarse un sitio adonde llegar dos veces al mes, cuando la compañía lo mandaba a supervisar algunas centrales en su vieja ciudad. Aquella situación me daba carta blanca para poner la música tan alta como quisiera, y es algo que suelo querer: me hace compañía. La necesitaba; en esos años me sentía tachado por el destino con una equis: toda experiencia me parecía execrable en el exsótano de mi exmatrimonio. No exagero. Pero tampoco conseguía deshacerme de la viscosa placenta que le deja a uno el divorcio. A conciencia me hallaba en otra etapa, sin embargo: no veía nada asqueroso en los disgustos de la separación o los que se habían producido mucho antes. La tristeza era palpable; cubría adoquines, muebles; el interior de mi auto; mi despacho en el Oldfather Hall, el edificio más ceniciento de la Universidad de Nebraska, lugar que alguna vez, para mi entusiasmo de recién contratado, había ardido. Qué ingenuo: es obvio que no me enteraba. La universidad se parecía a la nieve del invierno, pero era gris y yo lo notaba: una estepa de cenizas por la que me desplazaba sin encontrar demasiado. No ayudaba vivir en una ciudad plomiza y apagada como Lincoln. Menos vivir en Nebraska rodeado por los cuatro costados de paisaje chato, en todos los sentidos del adjetivo; vacío en todos también: único lugar donde la Nada se siente sola.

Sobre eso precisamente le escribía a Fernando. Meses después, me respondería que lo de la ceniza era un paso entre otros: luego de andarse uno inflado por la vida, creyéndose invulnerable, venía el período gris. A mí el globo me lo había pinchado Helen. Pero haberme separado de ella (que igual tenía ojos verdes, ay) era otra consecuencia, no una causa. Muy bien, me dije, como si fuera un pintor resignado al gris, a su nuevo estilo. No me imaginaba lo que me costaría antes terminar y enviar la carta que garrapateaba en momentos perdidos.

Una carta a fines de 2016 suena a cosa de locos. O de mártires. Mártires locos. La experiencia me dice que las tres impresiones anteriores se justifican.

Tuve la ocurrencia de largarme a la universidad un día en que me asfixiaba en el sótano y no sabía cómo plantearle a Fernando el problema; un día en que no le sacaba nada al teclado, exhausto de la monotonía de las clases, de lo que prometía ser un invierno opresivo dado el frío que nos asestaba golpes de picahielo. En el despacho, como he sugerido, la situación no era distinta. Opté por ir a la biblioteca y sentarme en el cubículo que tenía reservado, lleno de libros que preferían quedarse callados, apáticos, más papel que otra cosa. Al rato, capté que la claustrofobia y el encierro eran allí idénticos. Al aire libre no habría podido fugarme, porque corría una brisa salida del Gehena helado que Odín le describió al rey Gylfi.

¿Qué iba a hacer?

Estaba a punto de mandar a la papelera ciberespacial la hoja borroneada en la pantalla –tenía la mano puesta en el ratón– cuando alguien tocó a la puerta. Abrí.

Tardé en juntar las facciones. Era Gabriel Charnon, un profesor novicio de nuestro departamento. Lo había visto por primera vez cuando lo trajeron a la UNL a la entrevista de trabajo, en febrero de aquel año. En septiembre recuerdo haberlo saludado brevemente, pero con la agitación del semestre no tuvimos oportunidad de emprender conversaciones. Yo andaba, para colmo, liado en varios comités, el alma de arrastre, sin ganas de telefonear a nadie o entablar amistades.

—¡Jolines! Pero ¡si es David de Sousa, nuestro portugués de Venezuela!... ¡Bendito! ¿Qué tú haces aquí?

Pensé contestar que no era tan raro que un profesor de literatura estuviese en la biblioteca; medí las consecuencias del sarcasmo. Me resultaron simpáticas las erres de goma, el acento desconcertante, una mezcla de los aprendidos en Madrid y en San Juan de Puerto Rico con el de New Jersey, de donde venía, según recuerdo. El nombre me lo pronunciaba a la inglesa y el apellido a la portuguesa, con lo que el mejunje se completaba (por suerte: me revienta que me llamen *Suza*, pero uno se acostumbra a todo). Por no mencionar que iría captando en él la coctelera de registros: podía pasar sin dificultad del más libresco al coloquial, brincando de un país al otro con sus dialectos respectivos, luego intercalando inglés y lenguas semiaprendidas. Daba clases de español intermedio y portugués básico; las que más tenía en la bandeja eran de francés avanzado –lo habían traído para revitalizar el programa de Literatura Comparada y, en particular, reforzar el de Francés, que se nos moría por los efectos desastrosos de Joshua Brown, pésimo colega, maníaco–. *And yet, and yet...* Me había llegado en ese momento el rumor de que Charnon comenzó a pifiarla desde sus primeras semanas; varios compañeros, algunos estudiantes de posgrado, se habían dado cuenta de que la nueva adquisición venía con defectos de fábrica. No era muy serio, sino con inclinaciones artísticas, veleidades de escritor. Los más ceñudos lo acusaban de poeta (pecado nefando). Se rumoraba que ni pizca sabía de la gramática que enseñaba, fuese cual fuese el idioma. Cero de francés; menos uno de español o portugués. No sé cómo se enteraron de sus dificultades con el portugués, porque yo era el único que lo hablaba, y hasta ese entonces los intercambios con Charnon se habían llevado a cabo en inglés, italiano o español, dependiendo de quienes tuviéramos alrededor.

El efluvio del alcohol me dio alcance. También eso lo había oído del malintencionado de Fabián Marrone, nuestro experto en crónicas de pasillo; un coordinador de lengua que, por algo, se ocupaba de las clases de conversación impartidas en el pregrado. Dr. Bottle era el apodo que Fabián usaba para referirse a Charnon. A mí me cogió de sorpresa la primera vez, haciéndome creer que mi memoria para los apellidos empeoraba. Luego aquel grandísimo hijo del Plata me aclaró que lo de Dr. Bottle era en broma y que Charnon era Charnon era Charnon (nada que ver con las rosas). No estaba seguro de poder llamarlo doctor: menudas sorpresas iba dándonos en las aulas, en las reuniones, en los momentos más inesperados... Por allí siguió el resto del chisme. Fabián fue de los primeros en enterarse de su incompetencia en español, ya que, como coordinador, los alumnos le venían con copias de los exámenes que Charnon redactaba, con ortografía, sintaxis y vocabulario caricaturescos.

—¿Podés creer que Josh me soltó que en francés Dr. Bottle hace los exámenes peores?

—¿Contratarlo no fue idea de Josh? Los de Francés nos vendieron a Charnon como buen complemento para Español... A mí me extrañó que no hubiese nadie de Español en el comité de contratación, ni nadie que dominara el portugués. Ellos saben que he publicado en esa lengua y ni me pidieron que los ayudara en las entrevistas. No que me urgiera: que se las apañen si no quieren ayuda.

—¿Qué querés que te diga? El Josh está gagá... No hace falta describirlo. La contratación fue toda suya. No se rebaja a pedirte ayuda a vos, ni se la pedirá a nadie. Nos desprecia. ¿Sabés lo que el boludo comentó el otro día, en la fiesta de despedida de Theo? Que pronto sería hora de contratar a alguien más en Español, porque en la universidad crecía el número de bedeles mexicanos y se necesitaban refuerzos para comunicarnos con ellos. Para él hablamos la lengua de los criados; se muere de la rabia de que tengamos el triple de estudiantes que Francés. Me soltó aquello y se quedó tranquilo, esperando que se lo celebrara.

—¿Qué hiciste?

—No tengo la permanencia en el cargo. Vos, Laura o Ronald deberían y podrían plantarle cara. Pero al Ronald no le gustan los problemas con *full professors*: todavía espera que lo asciendan. Laura, que sí es *full*, se la pasa escribiendo sus libros, dando sus conferencias, dirigiendo sus cincuenta tesis, y no desperdicia energía... Narcisa marca MLA.

Sabía que Fabián envidiaba los premios que la Modern Languages Association le confería a Laura Miller. Sentí el impulso de defenderla; me abstuve: a Fabián no podía comentarle nada, porque empezaría a averiguar dónde escondía el gato la quinta pata. No me interesaba que la descubrieran.

Por la tangente me voy. Aquella charla con Fabián se me refrescó de pronto cuando vi la cara de Gabriel Charnon a mi puerta y cuando trataba de procesar lo que me decía.

La debilidad de Charnon era la bebida. Algunos alumnos habían ido a quejarse a la dirección. El bueno de Francesco Masciandaro, aún jefe nuestro, con toda su paciencia y cordialidad, intentó darle consejos, encaminarlo; para la mayoría, aquello había sido una inversión inútil de tiempo y diplomacia: se trataba de un artista. Fabián *dixit*.

—Hola.

Hice esfuerzos para que Gabriel no percibiera el temor vago que me producía. ¿Temor? El personaje venía rodeado, para mí, de halos no sé si sombríos.

—¿Qué tú haces aquí, David? ¡Con una oficina tan grandísima como la tuya!

—La falta de ventanas en la casa y el despacho me agobia; tendré que mudarme.

—Aha, Masciandaro me dijo que tú vivías en una basamenta. *But he says it's nice*, limpio y brillando, un lugar encantador, chico. Masciandaro dice que tú eres un santo. San David de Sousa.

—Francesco es amable, pero mi decisión de mudarme bajo tierra, en el dichoso sótano, no puede ser saludable. Tenía razón mi ex.

Dejé escapar el biografema imaginando que el mismo Masciandaro o Fabián lo habrían puesto al tanto de vidas, milagros, pelos y lunares de todos en el Departamento de Lenguas y Literaturas Modernas.

—¡Joder, macho! –repuso Gabriel, castizo, y ya no tanto–: debes echártela a faltar.

Tardé en asimilar:

—¿A Helen, mi ex..., a estas alturas?

—Tú eres el que va enseñando el curso de los Pisotones, ¿no?

Con tos disfracé la carcajada: mis alumnos de posgrado le habrían comentado que los torturaba con lecturas de Horacio, sin que ninguno se enterase de lo que era una declinación. Conjeturé proporcional la ignorancia de Gabriel.

—Está faltándote la luz del trópico... *Very well, buddy, let's go for a walk.*

¿Qué era lo de ir a caminar con aquel frío satánico? Le respondí en inglés, enloquecido por la mezcolanza con que me hablaba.

—*A walk? Are you suicidal?*

Él persistió en el espanglish:

—Una promenada. Por la R. –Lo pronunciaba a la puertorriqueña, ehrre, lo que implicaba una dificultad añadida al hecho de que traducía los nombres de las calles, que en Lincoln solían ser letras–. Ya tú sabes. *Just for a while...*

Lo vi abrir los brazos e intentar volar. Empezamos a simpatizar.

—...Salímosnos de este inferno académico y vámosnos a la Galería.

Se refería a la Sheldon Memorial Art Gallery. De memoria, por cierto, me sabía los tres cuadros que tenían. Otro asunto me preocupó:

—¿A pie?

—¿Por qué no?

—Vamos a congelarnos.

—*No way* –exclamó, sacando de uno de los bolsillos el envoltorio que escondía la botella de turno.

Hizo el ademán de ofrecerme su Wild Turkey. Decliné tanta cortesía en la biblioteca: el gran ojo de Bentham nos acechaba en las estanterías.

Imposible precisar el motivo de mi respuesta: acepté dar un paseo con él.

* * *

La caminata fue una aberración de hora y media, dos, a catorce grados Fahrenheit; en Celsius, como diez bajo cero.

Suerte de los pavos silvestres: un par, lejos de la universidad. Sabrán los dioses por qué lo acompañé en un *ménage à trois* con la botella. ¿Me sentiría de vuelta en la especie humana, o en mis días de estudiante? Tampoco de más joven me atraían el *bourbon*, sus empalagos. Ninguna bebida. Acaso Gabriel me ganó para su causa abordando con su comicidad de quinceañero temas disímiles: yo soy un nacionalista –por ejemplo–; jamás me verás consumir escocés si hay *whiskey* a la venta. Tuvo que deletreármelo. Fue él quien me enseñó la diferencia entre *whisky* y *whiskey*: la primera lección del maestro.

Suerte de los tragos, repito; también de la conversación. Durante los primeros minutos, picado por la curiosidad, lo tanteé en portugués, comentándole que tenía pocas personas con quien hablarlo y se me oxidaba. Él compuso frases que resultaron portuñol mezclado con espanglish. Pensaba que el único acento que existía era el paulista y amaracaba todo lo que decía; quedó desconcertado con el mío. Se desorientaba con cualquier tratamiento que no fuese *você*, perdiendo el norte si me dirigía a él como *o Gabriel*, en el intento de matizar nuestra familiaridad. Hasta me di cuenta de que, cuando probé con la segunda persona, creyó que regresaba al español. Luego me enteré de que su única experiencia con el portugués se reducía a tres meses pasados en la *cidade da garoa*, tal vez fuera del aula, en condiciones etílicas, y a la frecuentación de cantantes pop. Ah, y estuvo un par de días en Río (alguna ese final lo delataba). Como no quise que pensara que lo examinaba, me olvidé del caso; con él no iba a saciar nostalgias.

Insistió en lo de mi santidad. El rumor se había propagado a raíz de mis ascensos en el escalafón. Sin hijos, ahora viviendo solo, se explicaba que pudiera escribir artículos de investigación como quien se fuma un cigarrillo. Libros: el año pasado Minnesota me había publicado una monografía sobre la mimesis en la poética del Romanticismo que venció la resistencia de Joshua Brown y los del Comité para soltarme algo de dinero por mérito. Era el único catedrático menor de sesenta, junto con Laura Miller.

Como contaba asimismo con tiempo abundante para preparar clases de posgrado, me volví profesor estrella, con las mejores evaluaciones. El más erudito y reconcentrado, al menos de los todavía cincuentones (e insisto en el todavía: las dudas asomaban en el espejo, hacia las sienes). En ese entonces comencé a querer el oficio que el destino me había deparado. Me faltaban las inclinaciones administrativas.

En vista de que la galería de arte había cerrado, decidimos desandar camino al estacionamiento de la universidad, meternos en mi auto. Adonde Gabriel podríamos hablar a gusto y con exceso de ventanas. Incluso dos tragaluces; aunque no estuviera en la azotea, la forma del edificio lo permitía: las plantas, hasta llegar a la superior, se escalonaban. Un zigurat. Su apartamento sobresalía en uno de los escalones.

Exceso de ventanas: con las cortinas abiertas el resplandor del sol en la nieve caída se volvía intolerable. El desorden de la madriguera neutralizaba la luz. Si yo era un portugués venezolano (abominable híbrido), él era un espécimen de Newark, Rehoboth o Jersey City. Libros, papeles, platos sucios; mugre en capas geológicas, indescriptible. Llevaba en el apartamento tres o cuatro meses.

El hedor a perro se justificó con un pastor alemán colosal que sufría de flatulencia. Gabriel lo amaba encarnizadamente; me di cuenta cuando se tiró al suelo y se revolcó, imitando lo que el perrazo hacía. Lo llamaba Abraham y le repetía el nombre con cariño antes de sobarle la cabeza o depositarle besos en el hocico (retribuidos).

—¿Abraham? ¿Por Lincoln?

—No, por la Génesis. Su primer nombre fue *Jesus*, hasta

que unos vecinos evangelicales amenazaron de matarle. Tíos cabrones. Probé para llamarle Jesús, en castellano, y no resultó, porque entre los evangelicales allí estaban hispánicos con un cerebro más limpiado que los otros. Abraham le llamé, por su propio bien. Luego me moví y le pudía haber puesto su nombre primero, pero él se usó a Abraham. En la otra mano, es una selección más cojonuda: mira su garrote.

Dicho lo cual, le cogió las partes que en los perros no son pudendas y me las mostró. Patriarcales. Las cosas aquellas las tenía Gabriel en la palma, sin hueso ni indecisiones: eran enormes, con los modos y las irregularidades del verbo ser.

Cuando mi anfitrión se levantó para servirme un trago me entraron mareos: ni siquiera había ido a lavarse. Contemplé el vaso que me tendía, rebosante de *bourbon*. Corrijo: lo contemplé una eternidad. Pero los pavos ingeridos en las aceras de Lincoln me habían desinhibido un poco. Concebí una estrategia. Como aquello era alcohol, a lo que Gabriel se descuidase, derramaría un poco y restregaría los bordes y el vidrio con él. Así lo hice. Al cabo de unos minutos casi había borrado la sensación de que cuando sostenía el vaso estaba comulgando con Abraham.

Beber o no beber: bebí.

No me afectaron los vapores mefíticos del apartamento; el *bourbon* empezaba a insensibilizarme. Me sentí a gusto en la leonera.

Conversamos. Gabriel me contó de su infancia al ver que una fotografía de su padre me despertaba curiosidad.

Se odiaban. El *fucking bastard* era judío polaco; solo por llevarle la contraria al abuelo de Gabriel, decidió que al niño nadie le pondría la mano para circuncidarlo.

—Mi padre no quiso que yo practicara religiones.

—¿Por eso lo odias?

—Él pensó solamente en pelear... *The son of a bitch...*

—¿Pelear? ¿Con quién?

—Era un bóxer.

Con ese dato y el anterior de que era un hijo de perra imaginé a Charnon padre a ladridos por las calles de Newark. Luego entendí que se ganaba la vida a puñetazos.

—...con el inconveniente de que se traía el trabajo a casa. A mi madre la pegó cada día desde que yo me recuerdo. Las palizas es la cosa que no me olvido. ¿Tú ves esta diente? –Me mostró dos o tres manchados, partidos, más aserrados de lo normal, del lado izquierdo de la boca; eso, antes de ponerse a recitar; o al menos así me lo pareció–: *My father was a true master in ring technique. Glorious jab he had...! Had, had... ha, ha...*

Citaba a alguien; se me escapó la erudición beoda. La molestia creciente, el disgusto disiparon la nube de *whiskey* acaramelado en la que flotaba.

—Cuando llegué a ser de doce años él se fue de casa con una *fucking bitch* de una agencia de viajes. Dejó el boxeando y se dedicó a paquetes turísticos. Mi madre nunca se recuperó. Ahora soy de treinta y cinco y no tengo nada que creer en. –Se sorbía los mocos; me pareció que iba a gimotear. No fue así. Por el contrario: volvió a reír–. Como no soy religioso, me puse escritor.

Excepto por una tierna sobada a Abraham, cuya reacción fue ventosa, no hubo transición antes de agregar una pregunta y un consejo:

—Tú te estás enseñando un curso sobre poéticas, ¿no? Cuéntasela a tus estudiantes esta...; es cojonuda, macho. Encontré fuera que yo era novelista cuando realicé que yo tenía una poética también. Una poética privada.

Indagué por qué conservaba aquella foto del padre si tan malos recuerdos le traía. Me explicó, a los guiños, que no quería que se le olvidara el odio: era bueno para escribir.

Reía; se esforzaba, más bien. Al cabo de un rato lo vi levantarse, abrir los brazos como el Cristo del Corcovado y excretar palabras que no reconocí al principio:

> There's a stake in your fat black heart
> And the villagers never liked you.
> They are dancing and stamping on you.
> They always knew it was you.
> Daddy, daddy, you bastard, I'm through.

Los versos me resonaron en la cabeza por días, custodiando sus ritmos. Luego en prosa, unas veces con porciones del original, enfatizando cadencias; otras en una traducción empeñosa, que no tenía más propósito que exprimirles a las palabras sentidos que no acabé de abarcar: *Tienes una estaca en el hinchado y negro corazón, porque nunca les gustaste a los paisanos, que te bailan y zapatean encima. Siempre supieron que eras tú. Papito, papito bastardo..., aquí me despido.* Imposible traducir, en realidad: *aquí me despido* tal vez debía ser *he dicho.* O *sanseacabó.* Ni en español ni en otras lenguas había manera de poner a rimar tantos resentimientos, amor dolido.

Concluyó el número del Corcovado y a Gabriel le dio por caminar de un lado a otro del apartamento, dando respingos, leves bufidos de fiera atrapada. Los ires y venires me hipnotizaban. Se les agregó algo irreal: desde otra planta del edificio, la de abajo, como después supe, llegó a nosotros un rumor de música. Música barroca. Sonaba lejos. El evento, en Lincoln, daba la sensación de sueño.

—*That motherfucker again...*

A Gabriel no le gustaban las aficiones del vecino.

Iba a pedirle que se sentara para seguir conversando de otros temas. No me dio oportunidad; se disparó a insultar a los profesores de nuestro departamento:

—Jim Reynolds, esa momia. No lo levanto con él, y ¿tú?

No contesté (no entendí).

—...Brian Cotton, un viejo verde, pero yo no creo que echó un polvo bueno; ¿tú notaste la manera en que checa afuera las muchachas?... Y Tony Sasson. El hijoputa desintegra de antiguo. Si un día volverá visitar una biblioteca, lo ponerán en Colecciones Especiales.

Con el Departamento de Lenguas y Literaturas Modernas no tenía suficiente; gracias al programa de Comparada, se había codeado con colegas de Inglés, y con ellos se metía de lo lindo. En medio de los tragos y la risa, casi me sofoco cuando disertó sobre Samuel F. Gass, cuya anatomía le provocaba melancolía. El insigne Gass había obtenido el estrellato por una edición pleistocénica de Burton. Ahora anunciaba en boletines de la MLA que preparaba una de *Pseudodoxia Epidemica*:

—*Dr. Gass will now be our expert in Sir Thomas Brownie.*

La barriga del profesor y sus dos metros de estatura daban miedo. Sam Gass habría sido de joven el gordito porcino y mofletudo mimado por la madre cocinera; ahora, en sus sesenta, parecía Saturno recién salido de un kindergarten. La estampa, los obvios problemas de digestión le habían valido un sobrenombre surgido de la fragua de Fabián Marrone: *Some Gas*. Cuando se lo conté a Gabriel, este brindó por la lengua viperina del porteño. Agregó:

—*And the F stands for Farty.*

Gabriel Charnon: nadie mayor de cincuenta años merecía su consideración. Fue una de las conclusiones que saqué de nuestra velada. No me pareció oportuno recordarle que yo había saltado esa talanquera y, si fuese cierta su teoría, nada me faltaba para ser despreciable.

Cambió él solo de asunto. Se refería a las *foxy ladies* del departamento. Me preguntó por una española rubia a la que había conocido hacía años, en un congreso. No tardé en identificar al personaje: Carmen Polo Moíño. Coincidencia de coincidencias, me fijaba ahora en que estábamos en el edificio donde había vivido ella hasta mudarse a Pennsylvania.

—Lástima –le dije– que ya no trabaje con nosotros. Le negaron la permanencia y tuvo que salir al mercado. Enseña en un *college* de mala muerte, escondido en las Allegheny.

—¿Por qué le negaron la permanencia?

—No logró publicar lo suficiente en editoriales solventes.

Quise explicarle que Brown y otros del Comité de Ascenso y Permanencia les tenían tirria a los de Español, porque enseñaban la lengua con más estudiantes. Preferí no entrar en detalles con un colega recién llegado; menos inquietarlo con la paranoia de los despidos.

La bebida me hacía indiscreto; sin proponérmelo, me salieron sermones en otra frecuencia:

—Carmen era buena gente; lamento que la hayamos perdido. Pero ella aceptó las reglas del juego cuando le ofrecieron el empleo. Al César lo que es del César.

Gabriel no se dio por aludido; se abalanzó sobre lo único que le interesaba:

—¿Tú te le echaste un polvo? Ella me vio una vez, en el congreso, y fue suficiente. Tenía una mirada caníbal.

Fabián me había contado cosillas de Carmen; no me extrañó la impresión de Gabriel. Lo que sí me tomó desprevenido fue el giro de sus palabras a partir de ese punto:

—Y la Laura..., ¡tía buena! –Se desembarazó del español para dar rienda a la cachondez–. *The complete package... nice boobs, sizzling lips... Major boner fuel, let me tell you... She's the only reason I have for getting morning wood in this crappy, forgotten city.*

—¿Laura Miller?... ¿Nuestra Laura? ¿Sexy ella? Si la llaman la Monja...

—*Oh please, give me a Blake: «A nun's arse is a staircase to Heaven...».*

—¿Atractiva te parece?... ¿Laura?

Le reí la gracia tanto como pude. Temí que las carcajadas me sonaran falsas; el alcohol me ayudó. Si en el fondo me preocupaba el interés de Gabriel en la profesora Miller sería por los celos. Eran vagos; lo mío con ella no pasaba de fantasías esporádicas durante mi divorcio, en que la amargura me obligó a fugas mentales. Laura no me parecía ningún hembrón; tampoco carne de convento, como la pintaba el exagerado de Fabián. Era sobria, recatada; y, sí, con una linda sonrisa. Los ojos brillantes, como de soneto de Petrarca (rayos: en ese instante comprendí que los tenía idénticos a los de Helen). No era difícil que Laura cayera bien. Además, sabia: pocos en las inmediaciones tenían sus credenciales.

Celos repentinos detonados por Gabriel; no se me va la mano si lo pongo así. Dos cosas me habían impedido acercármele a Laura para hacer nuestro trato más íntimo. Una fue la experiencia frustrante de mi matrimonio, la estela que dejó (mi período gris); otra, que Laura estaba casada, y el marido era colega nuestro. Las circunstancias no favorecían pasar de la teoría a la práctica. Pero la relación con Ronald Miller lejos estaba de ser ideal, insinuaban las malas lenguas (australes): reñían los Miller. Alguien los había oído subiéndose el tono de voz a puerta cerrada, en el despacho. Una secretaria trató de localizar a Ronald en casa y Laura le dio el número de teléfono de un hotel...

—Toma –masculló Gabriel; traía algo de su habitación–. Te lo regalo a ti porque yo sé que tú no eres un momio académico.

El vecino de abajo había subido el volumen de la música. Seguía siendo barroca. Religiosa: ¿un *Stabat Mater*? Las palabras de Gabriel me llegaron envueltas en coros angélicos. Me entregaba un ejemplar de lo que la contraportada describía en términos tajantes: primera novela de una carrera con el fulgor de las estrellas. Finalista de varios premios. Dedicatoria escueta, plagada de manierismos. Me puse a salivar y competir con Abraham:

> To David, tío cojonudo,
> with friendship
> Gabriel

Me desconcertó el título: *Heavenly Memoirs of James Dean, Marilyn Monroe & His Majesty the King*. Gabriel era uno de los posmodernos –retro-pos, a esas alturas– y cultivaba la frivolidad profunda. Aquella noche, cuando volví a casa, descubrí un estilo que me pareció atildado y logró entusiasmarme. Era descarado. El que había escrito las *Heavenly Memoirs* transformó una materia trivial en obra de arte: cuento de hadas cínico, en que sobraba el desencanto. *Heavenly* significaba, a la vez, celestial y celeste; más lo segundo que lo primero. Lo sublime se divisaba con los culos de las botellas consumidas por el autor. De seis capítulos constaba la novela –publicada en 2007, hacía bastante–, con epígrafes de canciones de Elvis, Su Majestad, a quien se parafraseaba o aludía. Tres capítulos se ocupaban de los infortunios de la Monroe: monólogos que dibujaban una biografía interior de soledad, al margen del mito en el cual se había convertido la imagen de la actriz, reflejo sin persona en manos del público y los fríos proyectos de directores, productores, amantes o maridos. Tres capítulos estaban dedicados a la vida igualmente trágica de Dean, desarrollada como una conversación con su madre; las respuestas de ella a las preguntas de él jamás las conocíamos: la voz del actor poseído por su papel de adolescente acongojado no se interrumpía, hasta que la Muerte lo recibía en la carretera. Esta se evocaba a lo largo de los parlamentos de Dean, una y otra vez, preludiando la coalición de Porsche y Ford que lo catapultaría a la inmortalidad. Nada de unidad novelesca entre la porción de Marilyn y la de James: vidas desfasadas con la sociedad, de sustancias paralelas y conclusiones abruptas. En el vacío de ambas resuenan los ecos de Elvis, sin decir demasiado. Me recordó a un William Burroughs exento de alucinaciones, con más experiencia viendo películas de pacotilla o escuchando el rocanrol de los anticuarios. Desaliño *beat* aquí y allá. Un Kerouac salpicado de Bukowski, si no le daba por la ética; y, cuando se apasionaba por ella, el salpicón era de Wallace. ¿O'Hara, en prosa? No estaba mal para ser una primera novela, me dije, como urgido, cuando acabé de leerla dos días después. No estaba nada mal...

Quizá con Gabriel Charnon podría entablarse una buena amistad, hecha de literatura, sin escollos administrativos de ningún tipo. Me ayudaría a olvidar la lúgubre cueva espiritual donde malvivía. Me acordé de que antes de ser profesor yo había querido ser escritor; por eso me interesó volverme *scholar*... Si como artista todo era incierto económicamente, como pedagogo –fea palabra– el sueldo estaba asegurado, y la literatura parecía no tan remota: de ella podría hablar con frecuencia, desde fuera, pero al menos la tendría a la vista... En mi pasado había primado el sentido práctico. Al casarme y pensar en un futuro como padre y marido, la estabilidad había resultado esencial.

Bromas del destino. O de las soledades de Nebraska.

Con tanto Wild Turkey metido en el sistema sanguíneo ni me imagino cómo hice para regresar a mi sótano sin tener un accidente al volante. *Daddy, daddy, you bastard*, me repetía. Hoy lo atribuyo a que Lincoln es una ciudad fantasma: a las ánimas del Purgatorio uno no puede arrollarlas, ni ellas conducen autos de verdad.

Aquella madrugada empecé a meditar en tales asuntos. Fue lo último que rumié cuando caí rendido sobre mi cama desértica, oscura réplica de la procesión de llanuras afuera.

*Daddy, daddy*... Abrí los ojos:

—Coño, Sylvia Plath.

Helen y Sylvia. Sylvia y Helen. Sus hábitos convergían.

Enseguida volví a roncar, hasta el mediodía siguiente.

\* \* \*

Dos días después, había dado ya la clase y me encontraba en mi despacho, tratando de retomar la carta que debía escribir a Fernando Fuentes.

Le contaba que dictaba un seminario sobre crítica literaria anterior al siglo xx, un poco en la estela de mi monografía de

Minnesota, remontándome a la Antigüedad, agregando textos y autores que allí no había abordado; uno de los temas que me apasionaban era la confusión de teoría y práctica, descripción y prescripción. Esa tarde acabábamos de comentar a Horacio, a partir de trabajos breves que había publicado yo sobre el tratamiento residual de sus ideas en el Romanticismo. Aproveché para ajustar detalles con los que no quedé contento tras la aparición de los artículos (se mortifican tanto el que no puede escribir como el que escribe; el que no puede publicar como el que publica: mortificarse es el oficio).

Sonó la puerta; antes que yo respondiera, entró Gabriel.

Lo saludé con entusiasmo. De un solo tirón le confesé lo que pensaba sobre su novela. Él se dejó alabar, como si mis vítores fuesen rutinarios. Mirándolo ahora, me hizo pensar sin vacilaciones en un David Foster Wallace. Incluso físicamente: más curtido por el sol, quizá, y sin bandanas o vendajes exhibicionistas para arropar una herida metafísica. Agoté los recursos de mi sinceridad. Él, como cansado de las cosas de intelectuales –yo lo era–, propuso que saliéramos de tragos. En ese momento, recordé la incomodidad de la mañana siguiente a nuestra fiestita en su apartamento; el dolor de cabeza, atribuible menos a la jaqueca troglodita que a la culpa: en efecto, ¿qué hacía el profesor David de Sousa bajándose media botella de *whiskey*, quién sabe si tres cuartos?

¿Adónde vamos de copas hoy, si estamos en Lincoln?, pregunté. Él decretó:

—Supongámonos que mi apartamento es el capital de un nuevo condado: Bourbon, Nebraska. Yo mando; tú eres mi vice.

—Me encantaría tener el tiempo y la imaginación, Gabriel,

pero ando en mil y una. Mira esa montaña de trabajos que tengo que corregir.

Gracias a mi comentario, que debió de sonarle sarcástico aunque no fuese mi intención, recordó que no nos encontrábamos en Madrid ni en San Juan. Parecía desolado al contemplar la pila de papeles.

—Tú estás necesitado de soltarte un poco, David. Deberías probar con la Miller.

En el Oldfather Hall semejantes andanadas me ponían los pelos de punta, así que le expliqué que por la noche podía visitarlo. Tenía que corregir, y dentro de un rato me tocaba reunirme con don Arturo García, un profesor de Hispanoamericana con quien planeaba dar un seminario a cuatro manos.

—*That old crock?*

Ese carcamal: sin alcohol en el cuerpo, las opiniones de Gabriel sobre nuestros colegas no me parecían tan graciosas ni liberadoras como las de nuestra conversación previa. Más tratándose de Arturo García, que se merecía como nadie el *don*. Arturo era mayor, cierto, pero el único caballero de los alrededores. Uno de los hombres más cultos de la UNL. Culto y recto: sabíamos que era incapaz de inquinas o intrigas, por ejemplo. Disentí –amistosamente– de la opinión de Gabriel.

—*Yeah, right!* Te vas a aburrirte a muerte. *This place is becoming an antique shop... When* don Arturo *was young, dinosaurs still ruled the Earth.*

La frase me recordó mi aspiración infantil a ser paleontólogo. Cuando los dinosaurios reinaban en el planeta: el chiste era indigno del autor de las *Heavenly Memoirs*... Con Gabriel no había discusión posible y decidí esquivarlo. Pareció comprender. Tras la despedida, apenas cerré la puerta del despacho, tuve que rociar ambientador para neutralizar el olor. Solo faltaba que viniese a tocar a la puerta un alumno y creyese que el tal Dr. Bottle era yo.

Aquello lo catalogué de pintoresco: la necesidad de no ser tan excesivamente apolíneo como lo exige la profesión requería algún descansillo, canitas al aire. Soltarme un poco: o sea, *loosen up*. Pulcritud lingüística aparte, Gabriel Charnon tenía razón, aunque temí que él no durase mucho en la UNL si seguía por ese camino. El pensamiento me produjo un poco de fatalismo: Gabriel era la única persona con la que me parecía que podía hablarse de literatura; un escritor... Los demás no pasábamos de profesores.

Yo también había alguna vez soñado con ser escritor. Segregué poemas; garabateé novelas risibles, que no sobrevivían al desencanto de la relectura; un par de borradores merodeaba en los cajones. Pero la realidad es la realidad: me ganaba el pan al frente de una cátedra; mis energías tenían que distribuirse bien y había que saber pisar el suelo. Yo no tenía nombre de arcángel. Unos se hacen adultos aprendiendo a olvidarse del proyecto de ser astronauta o bombero; yo me había empeñado en olvidar el de ser escritor.

¿Eran celos? ¿Cómo celar a Charnon? Ahora que me fijaba en el detalle, teníamos casi la misma edad, y yo era catedrático, mientras que él estaba en el primer semestre de un cargo con posibilidades de permanencia, pero no asegurado hasta dentro de unos años, y si se portaba bien sin perecer, como tantos, en el intento (Carmen Polo Moíño, para no ir lejos).

Había que curarse en salud; dejar en claro que quien había venido a tocar a la puerta de la gente como yo, un pedestre educador, era él. No al revés.

Pobre Gabriel, pensé, con un fondo de violines Max Steiner o Alfred Newman: el aciago destino de los artistas en un mundo hostil, hecho para otras formas de vida. Su burla infinita, su *Infinite Jest*, no lo era tanto; repetí *tiene los días contados* como si fuese un mantra y entonces capté una plegaria ambigua: la había empezado con la convicción de que rogaba por Gabriel, quien no se merecía ningún plazo ni conteo administrativo, y, de repente, me asaltó la idea de que la frase podía interpretarse como el deseo de que lo acabasen de descubrir como infiltrado y lo exiliasen de los pasillos universitarios. El doblez me atemorizó. Descarté esa cosa de tinieblas sin llegar todavía a ponerle un nombre (y el Diablo sonreía en un aparte de los suyos: abría la boca y dejaba salir su larga lengua, que de inmediato se volvía el tubo estaminal del hibisco, de la roja cayena; tubo enorme, erecto, capaz de polinizar hasta los más fornidos mamíferos que se le acercaran: el pánico que suscitaba la visión me hizo pensar que había olvidado mis sueños con ella. Me esforcé en continuar olvidándola, para mantener la cordura).

Satanás tiene lengua de cayena.

La reunión con Arturo García fue grata. No solo terminamos a tiempo la tarea gremial que nos habíamos propuesto, en su despacho —al amparo de un póster que se trajo del Palazzo Cini, el *Doppio ritratto di amici*, de Pontormo—, sino que al final fuimos a un restaurante a devorar las terneras jugosas del estado. De esos detalles no me olvido y justifican, para mí, los demasiados años nebrasquenses.

Don Arturo, aunque poseedor de un prestigio profesional que habría momificado a cualquiera, se mantenía humano y discreto. Nada de decrepitud le sentí. Durante la cena habló de la mujer, las hijas y los nietos con una bondad que ruborizaba: no quise recordarle mi divorcio reciente y que del horizonte se me habían borrado las postales de un benigno futuro paternal.

Mi interlocutor andaba apesadumbrado. Bastó que le preguntara el motivo para que descargase en mí las confidencias: había hecho grandes esfuerzos para no verse jamás envuelto en las mezquindades que, por desgracia, asolaban los departamentos de literatura de varias de las universidades donde habíamos trabajado o estudiado. La distancia resultó eficaz hasta hacía poco.

—Me siento como el doctor Frankenstein –sentenciaba.

Su criatura era un colega al que había apoyado a la hora del contrato y a la hora de la permanencia: Luis de Holanda. Un ingrato. Los primeros semestres Arturo lo había orientado; incluso le había corregido ponencias que presentaría en los simposios donde el *protégé* se granjeó su relativa fama. Pero Luchito ahora, públicamente, en un artículo de la revista de la MLA, lo acusaba, a él, su benefactor, su padre casi, de exponer a los estudiantes a lecturas sádicas y patriarcales en un seminario nada más y nada menos que de novelistas del *Boom*... No era una acusación exactamente, pero aludía a él, a Arturo García, como ejemplo.

—¿Qué quiere decir con que alude a usted, don Arturo?

—No pone mi nombre.

—Entonces, ¿cómo sabe que se refiere a usted?

—Se lee claro que es un seminario sobre Cortázar, Donoso y Fuentes en el departamento donde-él-trabaja; lo ofrece como ejemplo. ¿Quién más ha dictado un seminario como ese, sino yo? Esa revista la recibimos casi todos por acá...

Asentí.

—Hazme el favor, David: describía como traumático que mis estudiantes tuvieran que leer el capítulo 137 de *Rayuela*, una cita de *The Observer*, de Londres, con el título «Riesgos del cierre relámpago». No sé si te acuerdas: sobre los accidentes de los niños cuando el prepucio queda atrapado en la cremallera.

A Cortázar lo había releído varias veces, pero la imagen, ¿cómo evitarlo?, me erizó los vellos de la nuca:

—Don Arturo, tampoco veo la necesidad de nombrar a profesores específicos si es un artículo sobre un problema que se considera extendido... Este de Luis es un...

—Yo no soy parte del problema. –Enrojecía, se le hinchaba el cuello de incredulidad–. ¿Qué pretende Lucho?... Me usa como exponente de las maniobras opresivas del patriarcado. Ten, lee... No me lo invento. –Para mi sorpresa, se sacó de un bolsillo del abrigo una fotocopia subrayadísima. Me compadecí de alguien que hasta entonces me había parecido la personificación de la serenidad–. Tal cual...

Cómo rayos se vinculaban cremalleras y patriarcado fue el interrogante que me circuló, echando chispas, por la cabeza. Luz de bengala extraviada en una catacumba. No estaba de humor para leer aquella bazofia; igual, miré varios de los subrayados, sin juntar razones con palabras.

A mí las batallas de la profesión habían dejado de exaltarme; me consternó que aún atribularan a don Arturo, en vías de jubilación. Era un hombre de otra época y se espantaba. Le aconsejé que olvidara el incidente: era de los que se disipaban pronto, más de lo que los profesores imaginábamos. Uno se retira y acaba hasta añorándolos... Qué impertinencia la mía, ahora que reparo en ello: hablé como si fuese mayor que don Arturo. Él, desolado, volvía al caso. Su mujer, Amanda, le había sugerido cuál era el origen del odio que Lucho no se molestaba en ocultar: Arturo estaba al tanto de la mediocridad de su ahijado:

—Creo que la versión de Amanda es correcta. ¿Sabías, David, que Lucho, en una de sus ponencias, en la que hablaba de sexualidad y pintura, daba a Alma Tadema por mujer?

Me asombré; tomó aire; se soltó a contar:

—...sí, señor... El nombre de pila fue una novedad cuando, luego de asistir a su panel, se lo mencioné. Él creía que Alma era nombre y Tadema apellido... Como Alma Mahler o Alma Reville, Lady Hitchcock. Le rogué, deber de un mentor, porque lo fui en todos los sentidos, y hasta me gustaba serlo, que modificara la referencia. Logró detener la publicación justo a tiempo. Figúrate un artículo fundamentado en ese disparate; sería hoy el hazmerreír de la universidad. Está claro que encontró el nombre del pintor en algún baturrillo lacaniano, que es lo único que le pasa por las manos y con lo que intenta sustituir su falta de lecturas. Como este detalle hubo otros... Si me pusiera a contarlos...

—¿Nadie en la revista pescó el problema? ¿Ni en aquel panel?

—La profesión se fue a pique, David. ¿En los setenta, los ochenta? Nos estamos convirtiendo en los asnos cargados de libros que Montaigne temía. Con el pretexto de la teoría cultural todos acabamos teniendo cultura solo en teoría.

Estábamos de acuerdo en que leer a Lacan, Žižek o Mignolo no implicaba haber salido del analfabetismo: eran lo único que leían cientos de surfistas de las aulas; esos que se creen intelectuales soslayando que reciben un cheque por ello. Traté de consolar a don Arturo con salidas ingeniosas, pero no sé si el daño que había causado la traición era mayor que cualquier frase que pudiera decirle. Antes hablábamos de vez en cuando; aquella oportunidad fue suficiente para amistarnos, salvo por las barreras que impone la edad.

Con el correr del tiempo, al conocerse el escándalo de la revista de la MLA, las facciones se formaron en nuestro departamento; una, eficacísima y entrenada, en torno a Holanda; otra, menos organizada, más sentimental, alrededor de Arturo García, que apenas percibía lo que sucedía. Francesco Masciandaro intentó, cuerdamente, poner orden. Fue en vano. Comentarios malintencionados, oposiciones silenciosas, dobles sentidos: lo de siempre entre gente amargada por el invierno y la imposibilidad de ver lugares nuevos. Al cabo de unos meses, don Arturo solicitó la jubilación y la universidad se la concedió a toda prisa, contenta de salir del considerable sueldo de un *senior*. Yo, que había sido identificado como uno de los suyos, heredé las malas caras, las torcidas ironías de las que él, por fortuna, se deshizo. No tardé en conseguir empleo en otro estado. Esa historia me la reservo para otra ocasión: tengo que volver a la que aquí empecé.

La noche en que llevé a don Arturo a su casa, recordé el compromiso contraído con Charnon. Decidí pasar por mi sótano para recoger algo que quería enseñarle al autor de las *Heavenly Memoirs*. Fue una inspiración repentina; juro que no hubo en ella nada premeditado. La propiciaría la sensación de haber hallado en Gabriel otro tipo de amistad, complementaria de la que había también creído hallar en Arturo. Nunca le había dado a nadie el borrador de una de las novelas que me atreví a componer en mis años de soledad –noto que incluyo en ellos los de mi matrimonio–. Acerca del manuscrito no es necesario que ofrezca detalles; por ahora me limitaré a relatar los percances de su primera lectura.

Llegué a la leonera. O perrera: el hedor de Abraham se me hizo más penetrante que la noche previa (esta vez no venía bebido).

Volví a acostumbrarme. Brindamos. Casi todo se repitió: las imprecaciones de Gabriel contra la fauna departamental; los *fuck, fuck, fucking* mezclados con el nombre de su *daddy bastard* (me volvió a recitar la estrofa; me di el gusto de darle a entender que sabía que era de Plath); y, en fin, los aires malsanos de su mascota tuvieron también un bis. Se me ocurrió que la vida del artista no sería variada, como lo había imaginado: la escena era tanto o más sepulcral que la de mi hogar de divorciado. Supuse que el desaliño sería indicio de creación febril: jugos del Parnaso derramados.

—*Holy crap... do you hear it? It's that dumbass again...*

Cuando se alteraba tenía que abandonar su espanglish. Insultaba al vecino melómano. Abraham ladró, reproduciendo la excitación maliciosa que sentía en el amo. Gabriel me contó que el de abajo encendía el tocadiscos a partir de las cinco de la tarde y la música duraba hasta casi las diez, en días laborables; sábados y domingos, el concierto era constante. Siempre Vivaldi, o Bach...

—Tan vulgar no es: le gusta Purcell. —Se lo aclaré sin intención de corregirlo. Reconocí el *O let me weep...*; me desconcertó, eso sí, que no lo cantara una soprano: aquella voz sonaba casi masculina. ¿Un contratenor?

—Siendo Purcell o no siéndolo, esto es incargable.

Tardé en retraducir al inglés lo que me decía Gabriel; en ese lapso, buscó un disco compacto y lo metió en su propio reproductor. Era un desmadre de Herbie Hancock, a toda mecha. Pensé, de improviso, que a Cortázar le gustaría. A Cortázar y a Antonioni. Supongo que en otra circunstancia yo lo habría disfrutado, pero me incordió que lo usaran como arma de combate: al Herbie lo afeaba.

Los ecos barrocos se apagaron, de repente. Se lo hice notar a Gabriel y este bajó el volumen de su aparato. Mientras esperábamos alguna reacción adicional del vecino, averigüé el alcance de los tratos con él. Gabriel me respondió que jamás lo había visto, al menos no de cerca; era un individuo con el que se cruzaba en el ascensor los fines de semana... Costaba estar seguro. En cada planta del edificio había varios apartamentos. Me fijé en que Charnon, quizá por sus estancias en España, los llamaba pisos.

En eso, el de abajo se manifestó: había vuelto a poner música. Y, de nuevo, Purcell; una de las piezas que compuso para celebrar los cumpleaños de la reina María. *Sound the trumpet* cantaban los contratenores enardecidos. Bien sincronizados, se turnaban, se complementaban; suplantaban la trompeta:

> Sound the trumpet till around
> You make the list'ning shores rebound.
> On the sprightly hautboy play
> All the instruments of joy
> That skillful numbers can employ
> To celebrate the glories of this day...

Dos auténticas sopranos con los testículos de guinda; quizá por haberse instalado en el umbral podían referirse con perfección a las glorias de ese día. Que sonaran las trompetas para celebrar el cumpleaños de la reina: adulación con talento. Me encantó lo de usar todos los instrumentos de la dicha. O del goce. O de la felicidad. Recuerdo haber deseado escribir alguna vez un poema, siquiera una novela, que mereciera un título semejante.

Peras al olmo en mi período gris.

Debió de habérseme notado que seguía el jolgorio sin que me molestase para nada. Gabriel, rezongando, se acercó al balcón, corrió las hojas del ventanal –un ventarrón frío se nos metió en los huesos– y, con toda la fuerza de su garganta, increpó al desconocido:

—*What the fuck! Do you want to sound my trumpet...? Be my guest!*

Vociferaba palpándose la bragueta.

La música abajo cesó. Antes de cerrar el balcón, Gabriel volvió a gritar, triunfal:

—*Faggot!*

Si yo hubiese tomado menos, habría interpretado aquel *maricón* como insulto dirigido a mí, por mi afición a Purcell.

Abraham rompió a aullar. Me pareció un sonido lastimero, y lástima sentí por el resto de las personas en el edificio. *Blues*, cante jondo perruno: el pastor alemán los moduló unos cuantos minutos, sin que el amo se molestara en hacerlo callar. Por el contrario, se reía con el escándalo. Me pregunto por qué nadie llamó a la policía.

A la media hora, el reloj daba las diez y sabíamos, según las rutinas descritas por mi anfitrión, que el concierto no se reanudaría. Al menos por aquella noche. Abraham dio un par de vueltas cerca de una pared, vació las tripas y, sobre la almohada que tenía en un rincón, se acostó. De cuando en cuando se despertaba para lengüetearse el bajísimo vientre. Una Lady Macbeth en cuestiones de aseo, a pesar de lo flatulento.

¿Qué más ocurrió? Tanto *bourbon* me desinfectó las entrañas y empañó el espíritu. Cada vez que lo ingería pensaba en la mañana siguiente; en los compromisos del despacho: con un malestar como el del otro día entrevistar a estudiantes no sería agradable. En ese momento me sentía, sin embargo, más comprometido con Gabriel, sobre todo si pretendía pedirle el favor que me había traído a verlo, así que beber sin freno acabó pareciéndome divertido. Un alivio. Buen antídoto contra la enfermedad que era mi vida, contemplada desde el mirador del tercer o cuarto vaso.

—Salud.

Volvimos a las chicas. Se me hacía obvio que era uno de sus temas (como decía él en su español: un tópico). Empezó hablando de estudiantes, cierta pelirroja que se le sentaba de primera en la fila: debajo de la camiseta no costaba adivinar el arete que atravesaba el pezón crispado y ansioso. Seguramente me vio incómodo: yo jamás insinuaba en voz alta atracción por alumnas; debió de percibirme a la vez interesado, sin poder evitar la conversación. ¿Era malicia lo que se le dibujó en la cara, en el rictus?

—Profesor De Sousa: me hablas de tus aventuras.

¿Aventuras?: quería oír de mi divorcio, porque suponía que la causa había tenido faldas. Faldas no: Helen no se las ponía. Le tuve que decir la verdad, la que sospechaba que lo era: el diagnóstico de problemas hipotalámico-hipofisarios; la depresión crónica de mi mujer; el efecto mortal que en ella tuvieron las praderas, las planicies; mi inevitable parecido a ellas. Me abstuve de declarar lo que me temía desde hacía años: que vivir conmigo fuese motivo de tristeza. Me abstuve, igualmente, de aludir a la alegría que le capté a Helen en el rostro, en la desenvoltura con que me toleraba la última vez que nos reunimos. Mi exmujer, que ya, como era debido, vivía con otra en Chelsea, satisfecha de su bella vista del Hudson, con toda la civilización del bajo Manhattan y del centro a mano. Yo no había sido su destino ni ella el mío: según los cálculos de mi trago, uno menos una era cero; una menos uno, el Nirvana.

—No seas tacaño, Gabriel: destapa otro pavo.

Me hizo caso, bamboleándose hasta un armario que, al abrirse, dejó ver un gallinero. Hasta plumas flotaron. Supongo que da igual llamarlo como me dé la gana: ningún idioma tiene palabras para semejantes refugios silvestres.

Brindamos a mi salud.

¿Lo conmoví o desconcerté? Eso de que la mujer de uno se vaya con otra sin previo aviso tiene *bathos* y *pathos*. A mí me pareció que Gabriel trataba de animarme; fue lográndolo con consejos sobre cómo seducir a las chiquillas pelirrojas. A las pelirrojas mayores de edad. A las gordas y a las delgadas. Blancas, negras, latinas (no como Lucrecia o Mesalina), orientales e indiscernibles. Cuidado con las indiscernibles, que pueden meterle a uno tremendo susto.

Consejos, he dicho. Para el hombre de acción. Un ejemplo:

—Los mejores polvos de mi vida me los he echado con audífonos para la sordera.

Fue a una repisa, allí cerca, y sacó un par de una cajita dorada. Se los puso alrededor de las orejas, como serpientes enroscadas en el Árbol de la Ciencia:

—Las maduras sienten compasión y las chicas se ponen a lactar de solo verme. Cojear da también resultados buenos, mira –me mostró un bastón que guardaba tras un biombo–... O fingir un tic. Eso sí, que no se te pase la mano con las enfermedades: si eliges una demasiado seria acabas atrayendo discapacitadas o pervertidas, y no sé si tú estás para semejantes retos. Sobre todo, evita hablar de cáncer: las convierte a la religión.

Quizá no le sea fiel a cada una de sus palabras, aunque esa noche estoy seguro de que se expresó en muy buen español. Señal de que comenzaba a hablarme desde dentro.

—Hay que ser guapo para atraer mujeres tan fácil como lo pintas.

—Joder, macho. Con tu divorcio pudistes haberte atrapado muchas pollitas. A Laura Miller la habrías causado ternura... De Sousa, confiesa que tienes un aplastamiento por ella. ¡Te gusta!...

Decidí irme para que Gabriel descansara. Le entregué entonces, con timidez, mi manuscrito.

Leyó el título:

—*La ciudad lejana*... Un poco cursi.

Agradecí la simpatía con que lo dijo. Los gestos eran como de quien se aferra a una mesa o a una barra; supongo que así habrá aprendido mitad de su español.

Le rogué que me hiciera cuanta observación juzgase necesaria; yo corregiría. Un buen amigo es severo en la corrección. Eliot, Pound, *il miglior fabbro*. Tanto insistí que dentro de la cabeza una voz socarrona me advirtió que metiese freno: sonaba a cordero flagelante.

Ignoro si Charnon me oyó. Estaba ocupado destapando la cuarta botella de la noche.

O ¿sería de la madrugada?

Sin duda: han pasado lustros, pero dos más dos son todavía cuatro a.m.

* * *

Retomé la carta muy temprano, el viernes de aquella semana infinita en que esperé los resultados de la lectura de mi primera novela.

Estaba contento y quería poner a Fernando al tanto de cómo me iba con las amistades recién adquiridas. Quería contarle que había decidido ser lo que en verdad era: escritor. Sentía un vigor inédito recorriéndome el cuerpo. Hombre nuevo: nada que ver con príncipes de Aquitania, torres abolidas, cenizas. Sonreía escribiendo, a remolque por varias provincias de Babia. Había concebido por mí mismo, a solas, como si las horas de *whiskey* equivalieran a una de las Anunciaciones de Fray Angélico (Frangelico, más bien: veinte por ciento de alcohol; la mitad del que tiene el *bourbon*). Iba de regreso a la vida.

Hice una pausa: me temblaban las manos por el exceso de energía. Me levanté, salí del despacho y fui al casillero a echar un vistazo. No había correspondencia todavía. No sé por qué, imaginaba que Gabriel me dejaría allí el manuscrito con sus correcciones al margen.

En medio de ráfagas ansiosas que no me dejaban hacer nada, ni escribir cartas, ni preparar clases, ni revisar un artículo, opté por navegar el Oldfather Hall al pairo, anhelando toparme con Gabriel para conversar y, quién sabe, sacarle información sobre qué iba pareciéndole *La ciudad lejana*. En una de esas, me di cuenta de que los viernes él no tenía clases, como tantos otros colegas aquel semestre: no vendría al edificio; estaría encerrado en su apartamento, escribiendo otra novela o durmiendo la mona. A esas horas de la mañana no se leen borradores ajenos.

Me tropecé con Fabián Marrone: hay que decirlo con nombre y apellido porque me salió al encuentro espléndido, sonriente, listo para su *close-up, Mr. DeMille*.

Hasta ese día sabía que me irritaba el chismorreo, en particular el suyo, pero por la mañana, viéndolo venir directo a mí, me preguntaba si podría vivir sin las especias que Fabián le agregaba a la vida departamental. Tan feliz se veía que deduje una historia superlativa.

—Che, me la aceptaron...

En la cara me notó que no sabía de qué me hablaba.

—...la ponencia que me ayudaste a corregir: me la aceptaron para las actas del Congreso. ¿No te acordás? La única sugerencia es sustituir el título... Le acabo de poner *Desire and Simulation: Homoerotic Trails in Alberto Granados's Memoirs.* ¿Lo aprobás?

—Regio.

Con la enhorabuena de rigor, le reiteré que la versión que yo había leído me pareció muy buena. Puede que no me lo haya parecido tanto, pero se me hizo imposible disentir de sus opiniones; con eso habría sido absurdo polemizar. Él veía deseo sexual sublimado donde yo captaba amistad. A lo mejor estaría él en lo cierto y yo no (a Dios no lo tengo cogido de las barbas), así que opté por hacerle observaciones de forma, menores todas, pero útiles. Le publicarían el manuscrito: fantástico; no tenía por qué no alegrarme. Mientras le inflaba el ego me preguntaba por qué siempre leía yo los borradores en menos de veinticuatro horas y, cuando esperaba de alguien un favor similar, las demoras eran desesperantes. Calma: me dije; lo que le había dado a Gabriel era un mamotreto..., doscientas ochenta páginas a un espacio, no una ponencia de diez.

—Vení, que quiero contarte otra cosa...

Me imaginaba que el aura de júbilo con que Fabián me salió al paso no se explicaba solamente por un manuscrito aceptado.

—¿Te acordás del bar *cajun* al que fuimos hace como cuatro años, con el escritor venezolano que invitamos al Departamento a leer unos cuentos..., el amigo tuyo?

—¿Lucio Cavaliero?

—Exacto.

—Sí. Me acuerdo de que lo llevamos a un restaurante esa noche. El ruido era tanto que tuvimos que ir a otra parte. No nos oíamos ni los pensamientos. Lucio, a pesar de eso, no se quejaba; dijo que le encantaba el barullo y que en Nebraska eran necesarios más lugares así.

—No que sea tan típico, pero hay música y baile los jueves por la noche en la sección del bar...; allí se ve cada cosa..., cada cosa...

Empecé a impacientarme:

—Sí que me acuerdo del sitio. No hay tantos en Lincoln. ¿Por qué?

—¿A que no sabés a quién me encontré anoche por allá?

—Pues no lo sé.

—Bueno, no a quién, sino a quiénes...

*Escupí la historia* me dieron ganas de gritarle, cogiéndolo de las solapas. No lo hice, por supuesto: en nuestro gremio nos controlamos (usualmente); colegas y estudiantes, en los EE. UU., son intocables..., ni siquiera palmaditas en el hombro; no me había ganado la permanencia y los ascensos por nada.

Mejor resumir, porque el recuerdo se me agría. Fabián no estaba en el local *cajun*, sino en otro, enfrente, que le gustaba más, desde donde avistó dos figuras que entraban. En algún momento en que regresó al auto a buscar algo que había olvidado –mentía: salió porque se moría de la curiosidad; si lo conocía yo–, aprovechó la ocasión para acercarse a la puerta del bar e inspeccionar el bailongo. Lo mejor para calentarse en una noche fría.

—La Monjita y Dr. Bottle. Imaginá el síncope que me iba a dar: bailaban *zydeco*. Tenías que haberla visto: hasta movía las caderas..., la-Mon-ji-ta. El Dr. Bottle me recordaba a Marlon Brando tratando de menearse en la peli de Bertolucci, guarango impresentable. Pero admirar a la Monja justificaba el espectáculo. Y, cuando de *zydeco* transitaron a un quilombo caribeño, merengue o salsa, la mina se desmelenó: deberías haber sido testigo, como yo lo fui, de cómo restregaba las nalgas en los pantalones del borrachín. Diosa total... No me quedé para que no me descubrieran, aunque ganas no me faltaron de seguir espiando: un *show*.

¿Se lo celebré? Mi histrionismo no llegaba tan lejos. Pero el influjo del Godfather Hall era mayor de lo que uno se animaba a creer: *gravitas* y *dignitas*, más el toquecito decisivo que a las nociones romanas aporta un país fundado por puritanos y nutrido por otros calvinistas. Cuento esto después de haberme instalado y vivir bastante tiempo en Nueva Inglaterra, y ahora apreciar tanto las Praderas como el Noreste a distancia: me consta que entre los yanquis se ha disipado lo que en Nebraska se respira potente, aún activo. No excluyo otras zonas del país; pero en Lincoln lo percibí como en pocas.

Recuerdo que aquella mañana no seguí en el despacho, donde me sentía confinado. Tenía unas clases independientes con alumnos del doctorado y les escribí por correo electrónico para cancelarlas con el pretexto de una gripe —ellos se mostraron preocupados por mí, pero sabía que era una farsa: me los imaginé felices; no habrían acabado las lecturas que tenían..., siempre igual—.

Serían las diez cuando, a la deriva por las calles de Lincoln, contemplando el hielo apilado en las esquinas por los tractores —había nevado por la madrugada—, casi sin darme cuenta, me encontré, de pronto, en las afueras. En la calle donde vivía Gabriel.

—David de Sousa, ¿estás loco?

No recuerdo si me lo dije en voz alta, pero no se me olvida la intensidad con la que me lo pregunté mientras miraba arriba, adonde estaría el balcón de mi colega. De mi amigo. De mi confidente, que leería en esos mismos momentos el producto de las muchas horas que yo le había dedicado a la esperanza de no ser lo que era: profesor.

Detuve el auto en la esquina, con prudencia y disimulo. Más abajo, el portón del edificio se abrió y no me costó reconocer a la persona que salía de él para entrar en un Toyota azul metálico, que tampoco me fue difícil identificar.

El abrigo gris y la visera también le pertenecían a Laura Miller.

\* \* \*

¿Qué hice durante los días siguientes? Puesto a reconstruir, recupero una mezcla de admiración por el cretino que llevaba a Laura por el sendero del adulterio y una simple, llana, sencilla envidia. Casi me transformo en el *green-eyed monster* de Yago. El lugar que ocupaba Dr. Bottle, con cada una de las anfibologías del caso, era el que David de Sousa habría querido ocupar. ¿Contaría yo con el equipo necesario, por más tío cojonudo que fuese?

A cambio de no desenterrar el apócrifo Blake de Charnon, se me refrescó el de *Los deseos postergados engendran pestilencia*, palabras que me inyectaban ácido, aceite en ebullición. Mezclados, lascivia y bilis me escocían. Fabián, además, me había inoculado la imagen de las caderas de nuestra Madre Superiora, que se me restregaron insistentes, inalcanzables, escabulléndose entre las poluciones nocturnas, entre el diablo y su lengua (anterior a Babel, la única de las ecuménicas no enseñadas en la UNL).

Para emanciparme de caldos y caldas, en cierta ocasión levanté el brazo y, casi como por libre asociación, de una de las estanterías que tenía en el dormitorio saqué la ofrenda editorial de Ted Hughes a su difunta mujer (la primera), a quien había abandonado por otra (u otras, como luego se supo). Sin ton ni son, abrí los *Collected Poems* de Sylvia Plath, que no releía hacía milenios, y me detuve en el poema de 1962, año anterior al horno (decisión tomada a solas en casa con sus dos niños, que dormían no lejos de la cocina). Murió a gas, ahora que me ponía a pensarlo. Y el poema tenía una estrofa contundente. Justo luego del *I may be a bit of a Jew* e invocar al papito como *Panzer-man*, se lee lo siguiente:

> ...Every woman adores a Fascist,
> The boot in the face, the brute
> Brute heart of a brute like you.

Recuerdo haber traducido para mí: *A toda mujer le encanta un fascista, la bota en la cara, el dos veces bestial corazón de un bestia como tú.*

Qué digo una estrofa contundente. Más de una:

> If I've killed one man, I've killed two—
> The vampire who said he was you
> And drank my blood for a year,
> Seven years, if you want to know.
> Daddy, you can lie back now.

*Si un hombre he matado, he matado a dos, contando el vampiro que dijo que eras tú y me chupó la sangre por un año..., o siete, si te interesa. Pues ya, papito, ahora acuéstate.*

No era imprescindible una cátedra para adivinar que el matrimonio con Hughes había durado siete años, ni para barruntar que dos muertos convergían en el padre biográfico de Sylvia, un entomólogo alemán que murió apenas cumplió ella nueve años; un padre menos persona, más vivencia –mala vivencia–, que fácilmente podía desdoblarse y posarse –como abeja– sobre un poeta inglés de fama creciente llamado Ted, cuya voz de trueno, al parecer, enamoraba a las muchachas en flor.

A Luis de Holanda no le faltaba razón cuando diagnosticaba que el puto patriarcado era culpable de todo. Y en aquellos definitivos momentos de la madrugada pasada en claro, el rey fascista no se llamaba Ted, sino Gabriel, quién sabe por qué prodigios del insomnio o por tener yo los sesos encapsulados en un fanal, una campana de cristal, donde los errores maritales, la soledad, las planicies interminables de Nebraska me arrinconaban contra mí mismo, contra la noche, contra esa cosa de tinieblas en la que iba reconociéndome.

El delirio prosperaba; no conseguía resistírmele.

La bofetada me la dio el alba: David de Sousa, mucha vergüenza deberías sentir analizando poesía como acabas de hacerlo, biografiando como un bobo, uno de tus alumnos que confunde al poeta con el hablante, el hablante con el autor, el autor con el personaje, el personaje con la persona. Reza una avemaría por Sylvia, dos por Laura y tres por tu mujer (tu ex, perdón, pero es la costumbre). Y veinte padrenuestros, no más de cuatro por ti y el resto por el padrote Gabriel. Tal vez resérvale uno al pobre Ted, tan vilipendiado, a quien le tocó proteger él solo (casi todo el tiempo) a los dos hijos que tuvo con Plath; al que se le suicidó la siguiente mujer, con el mismo método, aunque con más éxito, porque se las arregló para exterminar a la hija de ambos; el Ted fascista, monstruoso, vampírico, que sin embargo vio húmedas perlas en los ojos de sus niños. La más dura sustancia del dolor en bruto.

Nada nos obliga a creer la confesión de un miserable.

* * *

Al cabo de dos semanas y media, encontré en el casillero la correspondencia que esperaba.

Dos sobres. Uno, con sellos y matasellos en portugués, anunciaba una carta de mi padre, que juzgué rutinaria. En el otro me aguardaba lo que me tenía en ascuas. La caligrafía, al principio y contra mi voluntad, me embelesó:

From: G. Charnon
To: D. De Sousa

Venía acompañado de *La ciudad lejana*. Hojeé el manuscrito; vi anotaciones al margen.

Casi corro al escritorio. Cerré la puerta y abrí los sobres.

Como temía un ataque de nervios, para sedarme decidí leer primero la carta de papá. No sé si ayudó.

De un tiempo a esa parte no solía escribirme; lo suyo era el teléfono. Nunca aprendió a usar la DELL que le regalé para que nos carteáramos electrónicamente, y luego para vernos por Skype. Cuando se enfrentaba con la hoja de papel entristecía por la impersonalidad; pero igual me ponía cartas de vez en cuando: así lo habían criado; así había aprendido a comunicarse con los ausentes, por años, cuando él y mi madre emigraron de Portugal a Venezuela. Hombre de costumbres.

Advertí, entre las líneas y las fórmulas, que esta carta se distinguía de las otras, con sus impresiones de un viaje reciente a

Caracas. Recalaba poco en Venezuela desde los ochenta. Solo la terquedad de mi madre, el cariño que le tenía al país, lo obligaban a quedarse allá con ella. Desde los saqueos de 1989 su decisión de residenciarse en Figueira da Foz se fortaleció, y más luego de enviudar, no sintiéndose atado a las propiedades heredadas de mi madre en Funchal, que vendimos después. A mi viejo, con todo, le entraban saudades de Venezuela, de los amigos que había tenido allá –algunos jamás lograron ahorrar lo suficiente para regresar a Portugal; o la vida de los hijos los retenía en el caos tropical–. La tumba de mi madre estaba en Caracas, por cierto. Y no paso por alto la cuestión de los apartamentos. Uno, en El Cafetal, lo vendió al año de haber enviudado. Le costó más deshacerse del otro, en Caurimare, no lejos. Los inquilinos le prometieron irse no recuerdo si en diciembre de 2013 o de 2014, pero solo desalojaron entre 2017 y 2018; en ese momento la situación económica andaba tan mal que nadie compraba, menos en dólares, condición que papá exigía. Así que arrastró el apartamento hasta que un milagro le deparó un comprador (hombre que quería estar cerca de su madre, demasiado mayor, dos plantas más abajo y cuya memoria empezaba a resquebrajarse). Flotan las fechas, pero ocurrió a semanas de que Fernando falleciera y Sofía siguiese el ejemplo que el marido dio.

No era raro, he escrito, que mi padre cogiera un avión para visitar el apartamento que nos quedaba en Caurimare, con la excusa de que era bueno echarle un ojo, no fueran a desvalijárnoslo, o que nos lo expropiasen para meter a la querida de un militar. Buscar inquilinos habría sido de imbéciles.

La materia de sus párrafos era esa. Que se había sentido solo en Caracas; dos conocidos muertos, uno de ellos antiguo socio de un hotelito que intentaron montar en los setenta. Aunque a ese torcido tramposo no lo echaba de menos, su deceso contribuía a ponerlo filosófico, con vanidad de vanidades. Que por qué no nos poníamos de acuerdo para coincidir en Venezuela, él y yo. O en Figueira. *Há muito que não vens. Ficaste zangado?* ¿Molesto con él? ¿A qué se refería? La verdad, me sentía culpable de no haber ido ni a Figueira da Foz ni a ninguna parte. Darme cuenta del descuido me hizo sentir pésimo.

Pasó entonces a referirme la visita que le había hecho en Caracas a Fernando Fuentes. Este estaba alicaído. La enfermedad se hacía más onerosa y Sofía cargaba con la responsabilidad de mantener, a veces sostener, dos cuerpos, el suyo y el del marido. Papá me decía que a Fernando lo alegraría verme. Me reprendía porque hacía meses que *o doutor Fontes* no recibía carta mía. Ni siquiera una postalita (*um cartãozinho*). Que qué esperaba.

La delicia pueril al ver el manuscrito en el casillero empezó a disolvérseme, quizá por no tener respuesta para sus preguntas.

Mi salvación desesperada era la cuartilla y media que Gabriel, aleteando aún, tan celestial como los personajes redentores de su novela, me había dejado en el buzón. Vi en la prontitud de su lectura un indicio de su aprecio por nuestra amistad –en medio del entusiasmo que traté de forzar, cambié de opinión con respecto al tiempo: este, ahora, no había transcurrido desde que le entregué la novela–. Había escrito en Word el cuerpo de la carta y la había firmado a mano, por suerte, porque el gusto fetichista que me daba apreciar la letra de mi colega me habría impedido comprender el significado de las palabras.

Con avidez, dirían los literatos genuinos, me entregué a la lectura:

Muy queridísimo,

Pues bien, que he leído tu novela, y como individuo que te estima, me alegro que llegó a mi mano primero que a una otra. Mi alegría por que un mejor amigo como yo te salvaria verguenza publica. Esta novela que me entregaste es una mierda. Me parece péssima y sería error tuyo mantenerte re-escribiéndotela, porque yo creo que mucho has estado rees-cribiéndotela. Rómpela, hombre! Quémala, cava una hueca en tierra y pónela allá. Estuve cerca de darle la novela tuya a Abraham entonces que él haga sus cosas encima. Pero yo pensé, «joder, pero a mi mascoto le quiero.»

El titulo me había parecido estupido cuando leí el pri-mer tiempo: «La ciudad lejana.» Como se dice «pompous» en castellano? No solamente el titulo, pero el estílo del libro es pompouso. Pónes monologando a los caracteres como si sean ficciones del protagonista deseando escribir una nove-la: tanto las palabras de los caracteres como tu truco del no-velista novel no vuelan. Los fragmentos escritos con «tú,» más encima, se miran ridículos y demasiados poesías para ser incluirse en una narración. Yo estoy siendo sincero.

Porque tanta cuotación? La gente no te entenderán tanta literatura. Eso también es pompouso.

Qué pasa con el caracter principal? Por que le nombras «Daniel de Sá» si el lector saberá de inmediata quien tú eres? Daniel de Sá, David de Sousa, la cosa más estupida que yo he visto en mi vida!!! El plote, en la otra mano, es aburriente: un hombre que está en los Estados, está faltando su ciudad y trata de reconstruir esa ciudad en su memoria. El caracter principal es ese hombre y es también el novelista escribiendo la historia: cliché, no lo realizas?

Si tú quieres escribirte tu autobiografía, hacelo, pero porfavor no aburras por publicándola. Nuestro Ségulo no es el lugar apropiado para hablar la vida tuya. Este es el Ségulo de los títones y los heroes populares, la mythología no es ni en el Olympus ni en el escritorio de los románticos.

Pues, que eso es todo por ahora. Disculpa las sandezas. Recibe un abrázo de tu amigo mejor, quien cree en la sinceridad y cree no con parando las cosas que te dijo, que tu carrera es prometiente. La verdad es importante para el autor que comienza.

Gabriel

Había un P. S.:
    Perdona mi Castellano escrito, que está rustido.

No rompí la carta porque el estrés me había agotado y sospeché que tendría que releerla para descifrarla. Puedo, por eso, transcribir al pie de la letra el informe de lectura.

De la copia de la novela solo llegué a destruir en esa ocasión unas cuantas páginas, aquellas en las que mi maestro se permitía mejorarme el español, corrigiéndome al margen lo que tachaba. Había párrafos rayados con cruces afrentosas, en tinta roja, y una anotación al lado: *Editar*. Por ninguna parte comentarios positivos. Nada que pareciera rescatable.

Me sentí, claro, como estudiante de pregrado que reclamaba a la puerta de Fabián Marrone. Pero carecía de esa opción. Rasgar, arrugar, lanzar por el aire, sin que me importara que la bola de papel cayese en la cesta: estaba demasiado alterado para exterminar todo el manuscrito, repito, y solamente castigué unas cuantas hojas. Necesitaba algo más fulminante; los compañones los tenía como erizos de hierro (no me avergüenza).

Había llegado el día de mi ira; la dejé salir con una patada en la pared.

Vi estrellas; las toqué; me quemaron. Orión, la Osa Mayor. El exceso de hormonas me costó hinchazones de dos meses, por no decir que rompí el tabique de aserrín prensado, que era lo que en nuestros despachos hacía de pared. No sé si convencí a las secretarias cuando les expliqué que el *Oxford Dictionary* se había caído del estante y medio perforó el tabique. Luego del patadón, me saltaron lágrimas de rabia y noté, en instantes de lucidez, que no había llorado en años, ni al separarme de Helen. (Ahora que lo pienso, la debilidad me habría ahorrado problemas: cualquiera pierde la cordura conviviendo con alguien que no llora).

Quería desquitarme del monstruo. De Charnon, entiéndase: Yago nada podía enseñarme sobre mí mismo. El odio, el amor propio herido me afilaban uñas y dientes; me convertían en un animal peludo y tuve que correr –cojear– a un sitio solitario, la biblioteca, para que nadie me viese u oyera en ese estado. A lo mejor me había encontrado con mi verdadero ser, o una parte de él, y necesitaba estar a solas. Cara a cara; colmillo a colmillo.

Subí a la segunda planta para buscar en el fichero electrónico el apellido Charnon. Deletrearlo me provocaba arcadas. Memoricé la cota del libro y fui a los anaqueles, de donde lo saqué. Miré a un lado, a otro: no había nadie. Destrocé a zarpazos un par de hojas. No era la mejor táctica. En el área de las mesas de lectura localicé lo que siempre hay por ahí, un bolígrafo olvidado, y les pinté bigotes a los tres personajes que figuraban en la portada: el Peter Pan engominado de Dean envejeció; Elvis, enhiesto el copete, se veía común y corriente; a Marilyn la dejé como para un circo.

La peor de las infamias fue colocar el volumen treinta estantes más allá, entre los millones de ejemplares de la biblioteca; eso suponía perderlo. En mi ofuscación no se me ocurrió que el gesto (la gesta) era inútil, puesto que existía el préstamo interbibliotecario. Lo cual demostraba que la cátedra no garantiza inteligencia las veinticuatro horas del día: nadie ha conseguido jamás ser inteligente tanto rato, sin interrupción. Yo no, al menos.

He dicho que ni siquiera me sentía humano: poco me faltaba para aullar.

La exaltación me encerró en un lavabo. Vomité lo que tenía en el sistema digestivo; una vez vacío, derramé en el inodoro trocitos de alma. Lo hice sin vestigios de gracia, como pariendo algo feo y por la vía equivocada. Si me hubiese quedado más, habría observado cómo el homúnculo se levantaba y suplicaba mi paternidad. *This thing of darkness I acknowledge mine*, habría sido mi dictamen tras la borrasca; solo que mis magias no prosperaron en un buen desenlace: la vida me reservaba patadas en el culo e indiferencia. Cerré los ojos. Recordé en ese instante el sueño de anoche, que estratégicamente la conciencia había borrado (de nuevo); era mi sueño repetido; mi sueño-sueño, con forma de yo. El Diablo sonriente me hacía un guiño; luego abría la boca; enseguida me horrorizaba con la porra de su lengua peligrosa, llena de estambres.

No fue improductiva la jornada: resultó un exorcismo. De él saqué tres conclusiones principales mientras me enjuagaba, organizando la imagen grotesca en el espejo:

a) No soy tan recto ni mesurado como creía y hacía creer a los demás.

b) Soy capaz de odio, envidia y otras bajas pasiones.

c) No me importa.

Poco a poco logré calmarme. Al espaciarse las ondas de ira, pensé que, en efecto, no era un héroe romántico (dale con el Romanticismo: tanto estudiarlo para embadurnarme con el asunto), ni era un santo, ni estaba en el Olimpo. Mucho menos cumplía a tiempo completo mis deberes de profesor perfecto y comedido al que, por ello, no se le podían negar los ascensos. Después de todo, era incluso un novelista lerdo, inepto. Al menos desde la óptica de un artista.

El cerebro me pesaba demasiado; sentía que sus tareas se multiplicaban, crecían unas dentro de otras, se superponían devorándose entre sí. Mi cerebro era un tubérculo viejo en el armario de la cocina; se ablandaba y germinaba abyecto: único-tarado-inmenso.

Otras facultades mías, otros órganos tendrían que relevarlo.

Quizá no estuviese errado mi compinche Gabriel Charnon: ¿para qué pretender ser escritor si carecía de lo más importante, una poética, una idea de cómo y por qué escribir?

\* \* \*

El tiempo pasa, pero dudo que sea lineal: los estados de ánimo vienen en desorden. Se modifica nuestra habilidad a la hora de asirlos: nos hacemos más o menos intensos, no más o menos nosotros.

Meses después del incidente (¿un año?), cuando me animé a revisar el manuscrito de *La ciudad lejana*, me cercioré de que mi primer lector no dejaba de tener razón.

Excepto por la fecha, recuerdo vivamente aquella tarde.

Hubo una reunión de profesores. Se anunció que Laura Miller había recibido ofertas de otras universidades y nos dejaba (se la disputaban con títulos de distinción e infinitas regalías). Ronald Miller no estaba presente; ya todos sabíamos del divorcio. Allí nos dimos cuenta de que si Laura trabajaba en la UNL era porque le habíamos contratado simultáneamente al marido. Ella era de primera y él de cuarta; años antes, cuando los emplearon, solo una institución de las Grandes Praderas podía haber aceptado esa combinación en una pareja de *assistant professors*: estrategia para atraer luminarias. Separados, nada más natural que Laura se fuese.

Como Charnon nunca venía a las reuniones, no presencié su reacción a la noticia. Le habría dado igual. O estaría encamado en ese momento con una alumna.

Esa tarde, también, tuve una conversación telefónica de hora y cuarto con mi padre, que hasta me describió uno a uno, camaradas suyos, los flamencos, las gaviotas y los *alfaiates* –las avocetas de los españoles y las *avocettes élégantes* de los franceses, si no me engaño– que sobrevolaban las playas en Figueira da Foz. Aquella tarde me encontraba sentado al escritorio, en mi sótano. Había dejado el televisor encendido y mezclaba lecturas con imágenes inconexas como era usual cuando deseaba que algo del exterior viniese a darme sentido. Oí, de pronto, una orden militar: *Aim high!*, repetía. Apunta a lo alto, aspira a las alturas: eslogan con que la Fuerza Aérea hechizaba a futuros cadetes. En la pantalla, un avión de combate ascendía con firmeza y dejaba una estela de humo y fuego en el cielo.

Me imaginé tripulándolo. Había, de pronto, un furioso chisporroteo en el tablero. Seguía un estremecimiento en *sensurround* (seré anticuado). El avión caía. Caía. Yo iba en él. Nos estrellamos. El suelo no supuso el final de la caída. Nos precipitamos vertiginosamente, topo nuclear, hasta que el hocico de la nave tocó el centro de la Tierra. Allí se detuvo. Contemplé el paisaje en llamas, transitado por sombras. Sentado al trono de aquel reino, sonriente, un sujeto de bigotes y perilla (a quien identifiqué de inmediato) me saludaba con la mano y una expresión de sabía que tarde o temprano aterrizarías acá.

—Es un poeta maldito; se ahorcó de una farola con la correa de su pastor alemán.

Quien me dio la explicación estaba detrás de mí, en la cabina. Aunque su voz no me resultaba desconocida, tampoco acerté a saber quién era; y no le vi la cara, porque estábamos atrapados en el asiento. El cuello me dolía demasiado como para intentar moverlo. Quizá me fracturé un hombro en la caída.

—Así debía de dolerle el cuello a Sylvia... Tanto rato con la cabeza en el horno.

Eso me lo dijo la misma voz. Ahora sonaba como de mujer (ojos verdes). Pero era la misma voz: lo juro.

Del resto de la pesadilla no me acuerdo. Retengo la sensación de que el antro, enorme, era el único sitio del planeta donde podían leerse novelas a gusto. El de la perilla abría la boca y, a petición del público, dejaba salir su amenazador androceo. Aquí había que despertar.

Retengo los entusiasmos ornitológicos de la conversación telefónica previa con mi padre: me habían inseminado unas ganas increíbles de ir a Portugal a visitarlo. Durante sus últimos años acabé haciéndolo regularmente, con lo que le di a él la alegría de su vida y, a mí, algunas de la mía. Mientras constataba cómo la vejez, de puntillas –*pé ante pé*–, se paseaba por los rincones de la casa y con manos delicadas lo borraba, lo apagaba, sentía que el portugués que tenía en mi interior, la lengua y el hombre, despertaban de su letargo. Tal vez por eso, cuando le llegó la hora, mi padre se murió un poco menos de lo previsto. Hoy —noto su reflejo transparente en los espejos— examina mis inventarios. Me ayuda a recordar.

Revisé *La ciudad lejana*, he dicho, y me desencanté definitivamente de ella. Fantaseé reescribirla del todo, cambiando incluso de idioma: a lo mejor le convendría el portugués en el que soñaba las cosas íntimas, las que no tenían que ver con el magisterio o las ansiedades propias de la madurez; sería una novela más sincera. Hasta el título mismo mejoraba su carne remota: *A Cidade Longínqua*. Tendría que retocar la trama, eso sí, porque Daniel de Sá, el protagonista, acababa sus días en las soledades de Buffalo. Daniel podía dejar el inhóspito norte de Nueva York y regresar a la tierra de sus padres. Readoptaría el portugués de su infancia y con él evocaría el pasado caraqueño, el norteamericano. Acaso tendría un final feliz: la *saudade* es la única especie de melancolía que lo permite.

Mi ciudad lejana nunca se transformó en *longínqua*. Decidí apiadarme del animal que agonizaba y la ejecución le llegó cuando me mudé de Lincoln. No quería que esa parte de mi pasado me persiguiera. El original en Word lo sometí a la oportuna tecla: clausúrese, bórrese y para siempre olvídese. Si me atreví a concederle la pena de muerte, no fue por la falta de modales de su primer y único informe de lectura, sino por autocrítica. Una vez abandonada Nebraska, lo mejor era empezar de cero. Los manuscritos fallidos y conservados duelen más que la memoria de un divorcio.

Musa: ni te molestes en recordarlos.

\* \* \*

Mientras estuve en la UNL esquivé a Charnon. Tuviese o no razón en lo concerniente a mi talento o mi estilo, su perrazo Abraham sabía más que él cómo tratar a los seres humanos.

Gabriel era amigo de Platón, pero más de la Verdad: su entierro no iba a estar concurrido.

Acabé de impartir el seminario sobre poéticas. *Vale*, Horacio; *arrivederci*, Scaligero; *à plus tard*, Boileau. Me desembaracé de Aristóteles. Me atrajeron otras áreas de investigación. Edité y prologué textos ajenos, con abundancia de notas al pie de página. A veces las sentí como tatuajes que la Muerte me hacía.

La Muerte y la Verdad, la perpetuamente supuesta.

Acepté que los meses pasaran sin plantearme de nuevo ser escritor.

Un año después de mi disgusto con Charnon, cuando me residencié en la Costa Este, contratado por Yale —el salario y la cercanía de la civilización no eran despreciables—, se me removieron en la conciencia aquellos incidentes distantes, más que la ciudad de mi abortada novela. Ocurrió a raíz de una visita a Newtown, un pueblo de Connecticut a cuarenta minutos de donde vivía. Con Lucio Cavaliero y su mujer, Beatriz, que se habían establecido también en Connecticut, habíamos ido a pasear a Manhattan. Por cosas del tráfico, de regreso, buscamos una alternativa a la interestatal 95, e hicimos un rodeo por el norte. El termostato del auto, con todo y que estábamos en un invierno frío, empezó a enviarnos señales inquietantes de recalentamiento. Qué rayos. Dejamos la 84 —era la que habíamos tomado, me parece— y, en busca de un taller, algo de atención más inmediata que la de AAA, nos adentramos, no del todo conscientes, en el lugar donde había ocurrido una masacre tristemente célebre. En diciembre de 2012 un lunático mató a una veintena de personas en una escuela primaria, niños casi todos, sin otro motivo aparente que el hecho de estar armado y odiar su propia vida (aunque no estoy seguro de que los enfermos mentales disciernan en la maraña de sus emociones una en particular). El horror del suceso discutido con minucia en los noticiarios cuando yo todavía trabajaba en Nebraska me había lastimado. Luego, sobrevinieron la muerte de mi madre, el segundo intento de suicidio de Helen (casi la acierta), su tratamiento, nuestro divorcio. Es decir, sobrevino el olvido: un clavo saca otros. Instalado en Connecticut, viendo de alguna manera el lugar de los hechos, la masacre resucitó. Ayudaba que a Beatriz y a Lucio el tema los maltratase, porque eran –a diferencia de este servidor– padres, y se habían mudado a aquel estado poco antes que Adam Lanza y su patología decidieran acabar tantas vidas. Lucio me contó que escribió un libro sobre la tragedia de Newtown, pero que no se atrevía a corregirlo ni a publicarlo.

Encontramos un taller (portugueses: un Tony más bien António; un Will más bien Guilherme). Arreglaron rápido el asunto, y los Cavaliero corrieron con el gasto, porque ellos fueron los que insistieron en no llamar a AAA sino actuar por cuenta propia. Newtown, pese a todo, se me instaló en la conciencia. Sus zonas lúgubres. No sé debido a qué tuercas, a qué mecanismos de la memoria, asocié ese rincón de Connecticut a mis deseos de ser novelista. Los deseos abandonados, entiéndase. Me provocaron náuseas las ilusiones que debía hacerse uno con el mundo para querer agregarle cosas, fuesen estas libros, seres humanos. Al sentir compasión por veinte niños y seis maestras destrozados a balazos tuve que sentirla inevitablemente por mí: ni yo ni los demás escapábamos al (o *del*) Mal; éramos congénitamente suyos. Variaban solo las tallas. Newtown, Dachau, Auschwitz, Wounded Knee, Ed Zor y Bitlis son ejemplos al azar: después de ellos, o después de conocerlos, ¿cómo y de dónde sacar ánimos para seguir escribiendo? ¿Cuánta falta de razón se necesita?

Mientras desgranaba pensamientos, sus gérmenes, notaba la paradoja: junto al alivio de saber que me había bajado –como dice un amigo mío– del tren de los literatos, supe que escribiría al respecto, no porque lo deseara, sino por no evitarlo. Se trataba de un acto ciego: la condena del vicio me impulsaba. ¿Cómo iba a ser de otra forma? Acumulé manuscritos que no tenían que ver con mis deberes de profesor. Son mis historias, mi memoria; los pisotones de la fantasía, con o sin epístolas. A medida que escribo me vuelvo peor, picado por los gusanos de Blake. Mis ojos aprendieron a curiosearlos; mis manos los palpan.

Con Lucio hablé de esas cuestiones. Nos habíamos correspondido; nos habíamos cruzado. Pero desde que me fui a la Costa Este la relación se estrechó. Él andaba en el negocio de las ediciones y a mí me reclutó como traductor. Con gusto me sumé a la quijotada. Compartíamos demasiado: dos de nuestras nacionalidades oficiales; también el haber sido hijos de extranjeros y sentirlo como una nacionalidad en sí misma: tres nacionalidades, entonces; estar residenciados en los EE. UU. desde hacía años (él se quedó allá). Coincidencias musicales, literarias, políticas. El tipo de mujeres que nos atraía (y, perdóneme el Cavaliero, debo confesar que incluyo a la suya: ¿quién en su sano juicio no le envidia a Lucio su Beatriz? Porque hay envidias sanas. Eso sí, he sido siempre casto con ella y ella conmigo: si lo apunto es para dar una idea de lo sincronizados que estábamos el Cavaliero y yo. Lo sincronizados que estamos: tengo la impresión de ser un personaje suyo).

¿Por qué traerlo a colación? Porque Lucio me enseñó que la amistad era posible. Luego de los incidentes de Nebraska, me sentí incapaz de merecer la confianza de nadie.

Ese es uno de los desenlaces de mi historia. Tiene otros que no son simultáneos, o no desenlazaban nada en un primer momento, y la memoria ha ido atribuyéndoles tal función. Debo remontarme a los días que siguieron al atroz desencanto con Gabriel Charnon. Prometo no apartarme más del asunto.

Cumpliré mi palabra cortando lo que sobre (no incurro en metáforas).

Sabía que Fernando jamás se curaría de su enfermedad. Había leído lo suficiente sobre la esclerosis múltiple, sus variantes malignas. Presentí que su salud de una manera u otra se vinculaba a mi pantanoso letargo, pero me sentía impotente frente a la página en blanco de una carta emprendida hacía tanto y rasgada diez veces. Si fuese un mensaje electrónico no me torturaría ni me habría sentido obligado a hacerlo extenso y coherente. Lo peor era no poder explicarle a nadie lo que sucedía. Fui víctima de manías, obsesiones. Suspendí la música antigua –a la que me había aficionado– y en el sótano escuché el *Parsifal* de Wagner mientras me empachaba de yogur, actividades que no logré disociar. Yo era el tonto incapaz de hacerle a Fernando la pregunta.

Cuando veía películas, escogía las más sórdidas; algunas incluso ridículas en sus extremos: avatares de pandilleros y mafiosos; Orson Welles en el papel de nazi fugitivo, ensartado por la espada vengadora del tiempo; Fred MacMurray y Barbara Stanwyck ocupados en urdir crímenes que los destruían a ellos;

Peter Lorre con su rostro de alimaña dulce, en pleno mano a mano con la bestia de cinco dedos; James Cagney, acribillador de media humanidad enternecido por la voz de su señora madre. Como ellos, yo había soñado con llegar a la cima del mundo y lo hice, aunque en pedacitos, luego de la mamá de los estallidos. Fueron esos actores y sus interpretaciones como una nueva Biblia en blanco y negro: a los posmos les salen su retros, más temprano que tarde.

Hubo horas muertas en las que decidí usar los servicios de una masajista. Al final sentí demasiada incomodidad en el pellejo; cancelé la cita. Además, me atemorizó que la chica estuviese vinculada a la universidad. Lincoln no es una ciudad tan grande como para esperar anonimato. La noche de la cancelación intenté masturbarme imaginando a Laura Miller a mi lado, en la cama. Escribo *intenté*: apenas lo conseguí; tuve que imaginar que yo no era yo y que en un rincón del sótano Abraham se excitaba.

Releí también a Ezra Pound. Algunos de sus versos me parecieron de reflexión oportuna. Los aprendí de carrerilla, buen sustituto de otras plegarias:

> O God, O Venus, O Mercury, patron of thieves,
> Lend me a little tobacco-shop,
> or install me in any profession.
> Save this damn'd profession of writing,
> where one needs one's brain all the time.

*Oh, Dios; oh, Venus; oh, Mercurio, patrón de los ladrones: regaladme una modesta tabaquería; instaladme en cualquier profesión que no sea esta maldita del escritor, en la que uno necesita el seso a todas horas...*

¿La tabaquería de Álvaro de Campos?

Como he dicho, don Arturo García decidió jubilarse. Aplaudí la decisión y con su familia, en secreto, lo celebramos. Luis de Holanda le organizó una fiesta de despedida, *of course*; recogió contribuciones, hizo invitaciones a colegas de tres continentes. Con ese tipo de presión el homenajeado no pudo negarse a asistir. Hubo una mesa en su honor en la conferencia anual de la MLA, que se celebró en Lincoln contradiciendo el hábito de buscar grandes ciudades: los profesores del Medio Oeste y las Praderas reclamaban la discriminación.

No concluiría yo la carta a Fernando Fuentes hasta después de aquella ceremonia.

Había transcurrido la tercera hora de banquete en la sala de recepciones cuando me dispuse a estar a solas para mantener la cordura. Don Arturo, lo sabíamos, era un buen hombre; lo emocionó el reencuentro con viejos amigos. Yo, por mi parte, solo veía el complot de los intrigantes para que las apariencias profesionales se guardasen. Por eso me aburría.

Desentendiéndome de los colegas y los múltiples visitantes que había en el Oldfather Hall, me fui a los lavabos. En el recinto, que olía a desinfectantes (cf. *Salmos* 26, 6), alumbrado por neones temblorosos, donde había duchas, lavamanos, retretes y un par de sillas para descansar —cómo borrar el recuerdo—, me estudiaba la cara en el espejo y me pasaba el peine por las canas de las sienes, ocupado en el oficio inútil de contarlas. Cada vez más me crecía en el cráneo el espacio libre.

Súbitamente, percibí mi nombre como en un ahogo. Alguien me llamaba:

—¡Jolines, macho! Pero ¡si es De Sousa! *My man* David... ¡Qué oportuno tú eres, chico! ¡Bendito! ¡Bendito!...

Me volví y vi a Gabriel sentado en el piso, aferrado a un inodoro. No tenía dominio de sí: lo que al principio identifiqué como tufillo a cloro era fetidez de alcohol transpirado.

Me le acerqué.

Para mi consternación, descubrí un rastro de sangre en las baldosas. Busqué en el cuerpo caído la herida, no sin eludir la sonrisa mezclada con quejidos. La botella vacía estaba en el piso también, no rota. Me pregunté qué le acontecía al artista de Lincoln.

Se vomitó el traje. Lo habían presagiado eructos; contracciones violentas, de sapo. Me aparté justo a tiempo, aunque no hizo el favor de avisar.

Ver de dónde provenía la sangre me afectó con repulsión, lástima. Charnon tenía la bragueta entreabierta. En la cremallera se le había atascado el prepucio, hecho un nudo rojo de piel, tela y metal. La borrachera no le había permitido sentir dolor al principio, y por eso se había empeñado en seguir tirando, tirando, hasta el estado en que lo encontré.

Perdió el gobierno del cuerpo: la piel que empezaba a amoratársele, de repente, se le abombó; por los agujeritos del prepucio salieron chorros de orina, intermitentes. A mí me recordó el rocío desordenado de la manguera de un vecino; estaba sobre el césped cada verano desde que me había venido a Nebraska. Una razón más para largarme.

Berridos:

—David, *maaaaannn, what am I gonna do...?*

Sí: ¿qué haríamos?

—Llamemos una ambulancia.

—No, no... *No way!*

Aferrado a una de mis piernas, me despreciaba el convencionalismo.

Supongo que en su rabia eso sería. Gabriel quiso demostrar que seguía siendo el macho beodo de costumbre; se esforzó en tirar de la lengüeta de la cremallera. Con tantos galones de alcohol, y como ya no tenía clara la diferencia, en vez de tirar abajo, tiró arriba. El dolor debió de haber sido tan insoportable que se sacudió otra vez, como gato a punto de sacarse una bola de pelos, y el gato soltó varios Wild Turkeys o Jack Daniels.

Se derramó Gabriel: el nuevo torrente de vómito lavó la sangre previa.

Presa de un desmayo, despatarrado estaba Charnon. De vez en cuando un dedo se le movía; una rodilla. Las fosas nasales se enarcaron para trazar una burbuja de moco. En esa locura no había método: un lenguaje corporal sin pies ni cabeza.

Ahora, lo prometido en esta historia. Mi oscuridad. Por milésimas de segundo me complació admirar, en palco de magnate, la humillación. Yo, de cuernos coronados, como bisonte.

Milésimas de segundo. Pronto volví en mí.

No sé si actué arrastrado por la piedad, la repugnancia o si, por el contrario, se trató de un vago recuerdo londinense (*The Observer*). Podría atribuírselo a un rapto místico y al inicio de mi período rojo (brevísimo, pero mejor que el gris. El rojo era el de la cayena). Fuese lo que fuese, la inspiración me obligó a agacharme, tomar la lengüeta y bajarla, con todas mis fuerzas, de golpe, hasta abrir por completo la cremallera. Para que lo mismo no se lo hicieran en un hospital, con anestesia.

—*Jesus Christ!... Ahhh!!!... Fuck!... I didn't do it! I... I... d...*

Charnon, más inconsciente que vivo, rugió primero (sabrá su perro lo que quiso decir). Volvió a los *fuck, fuck, fuck* y estos se atenuaron. Hipó después, invocando a alguien que supuse que sería Santa Marilyn Monroe: lo que le entendí fue un *happy birthday Mister* no sé quién. Por último, durmió sereno, sin haber estado despierto desde antes de haberme bendecido por última vez.

Al salir del trance, corrí en busca de ayuda. Afuera divisé a Francesco Masciandaro y a dos becados de la Fulbright (Rosencrantz y Guildenstern); les rogué que me siguieran. No conseguí explicarles lo que encontrarían. Mi estupefacción, mi cara de príncipe danés puesto a dieta intensa de vinagre, los preparó para eventos poco ordinarios. ¿Cómo describir sus muecas cuando vieron la sangría, y la fragancia los alcanzó? Vinieron otros que oyeron las exclamaciones sin confundirlas con el jaleo de la fiesta. Entre varios, llevamos a Charnon hasta la enfermería de la universidad, mientras que, con el móvil, Francesco llamaba la ambulancia, porque sabíamos que en la enfermería no iba a quedarse. A nadie conté los detalles; nadie me los pedía, en medio de los *God, Jesus, Jesus, my Goodness...* (Era la primera vez que oía a colegas que no fuesen Gabriel la irredenta palabra F, con que se mienta lo indecible).

Horas más tarde, el médico pensó que el corte había sido obra exclusiva del paciente y explicó que lo que este había hecho en su embriaguez, a pesar de lo desmañado, equivalía a lo que un especialista llevaría a cabo por otros medios en la sala de operaciones. Conmigo se dio el lujo de exhibir su sentido del humor:

—*We call it «editing»*.

Lavaron, remendaron el costurón, agregaron puntos. Incluso se me agradeció el haber traído a Charnon a tiempo: una infección habría tenido consecuencias peores.

No me aclararon cuáles fueron las consecuencias que no habían sido las peores.

* * *

Con el correr de las semanas, un día encontré en el casillero una postal que alguien me mandaba desde New Jersey. Era la letra de Gabriel, a quien habían dado de alta. Se había ido a casa de la madre a pasar el resto de los días que tenía de reposo, según me contó Francesco. Yo ni sabía que su madre seguía viva. En cuanto a la postal, era una cursilada marca Hallmark, un *Thank you* impreso y una línea a mano, casi ininteligible:

Gracias mi amigo mejor David

O algo por el estilo. Ni una coma: lo recuerdo a la perfección.

Evité tener el mismo horario que él cuando se reincorporó a la universidad. En lo posible, minimicé los encuentros; estos solo ocurrían en las reuniones de comité, y me sentaba lejos de él, en el otro extremo de la mesa o de la sala. He comentado que su asistencia a las reuniones era irregular.

Todo el incidente de la cremallera fue a parar al P. S. que añadí a la carta de Fernando Fuentes, tal vez demasiado prolija. Es lo más cerca que he estado de volverme novelista: *Mi guerra y mi paz*. Pobre Sofía si le tocó a ella leerla en voz alta, a gritos; y pobre si tuvo que quedarse al lado del marido para pasarle las páginas.

Que en paz descansen, el uno y el otro, ya sin guerras con el cuerpo.

* * *

La última vez que me tropecé con Dr. Bottle, el artista de Lincoln, fue la semana de mi partida de la ciudad.

Se tambaleaba por los pasillos del Oldfather Hall. No me reconoció. Quizá ni siquiera recordaba quién era yo ni qué hacía él en un lugar semejante. Acaso planease, abstraído en el vaivén del *bourbon*, el argumento de otra novela que, hasta donde sé, jamás se ha publicado. Al sexto año, sin darle oportunidad de presentarse a la evaluación final, el decano le rescindió el contrato. Fabián Marrone me escribió un mensaje electrónico lleno de este y otros jugosos sucesos de la UNL. No le contesté: andaba ocupado en mi nuevo cargo, acondicionando la casa que me compré en Milford, Connecticut. Desde allí visité Boston y Nueva York con frecuencia.

Con la perspectiva de mi jubilación, casi me parece irreal lo anterior: el pasado de alguien más, que se llama David de Sousa todavía, pero no se confunde conmigo. En cierta ocasión traté de escribir sobre Charnon; cuando acabé el primer borrador e iba a corregirlo, pusieron en la televisión una farsa de Hollywood con una situación parecida a la que yo había vivido en un baño de Nebraska, y me decepcioné tanto que abandoné el manuscrito, por lustros.

La coincidencia de Cortázar y Hollywood me arrancó algunas sonrisas. Nada más.

Jubilado estoy, he dicho, aunque acepto invitaciones a enseñar en el posgrado, siempre que el seminario sea compacto y los deberes del aula no me absorban. Me gusta salvaguardar horas libres de responsabilidades, en las que no tenga más obligación que las que contraiga conmigo mismo. Leo lo que me da la gana; escribo lo que puedo. Sobre todo, recuerdo: es un placer abandonarme a estas canoas a la deriva, que flotan sobre la vida cuando se ha ido y es, por lo tanto, más grata. En la vejez, hasta los malos momentos se vuelven dóciles, imágenes que se toleran porque pronto dejaremos de ser ellas e incluso nosotros. La memoria, el olvido y los recuerdos insepultos hacen maravillas: desde abajo, por ejemplo, las sombras transitan mejor hacia lo que admitimos por escrito.

Lucio Cavaliero, a quien un día le referí mi saga de las Praderas, se entusiasmó y me animó a ponerla en papel. Me resistí no sé cuántas veces. Entonces me pidió permiso para contarla él, a su manera. Como yo había perdido por esa época las esperanzas de ser novelista, se lo concedí: siempre que sea a tu manera, agregué. Lo que le salió, pese a rozarlas, difería realmente de mis anécdotas y brilla con una luz propia que no le he dado. La noveleta de Lucio se titula *El vuelo de Sebastián da Silva*.

Mis vivencias personales, repito, no se reflejan del todo en ella y por eso estoy tratando de fijarlas, darles una voz, sin las cualidades literarias de Lucio, pero con un sentido de urgencia. Lo de él es ficción; lo mío es testimonio. El testimonio contradice el arte, aunque padece sus desafíos: uno tiene que sacárselo de donde se incrustó, intuyendo la intervención quirúrgica. Que no sea gran literatura; que no sea arte: me armo de paciencia. Ya me gustaría tener la mitad del talento de Lucio. Pero Lucio es Lucio es Lucio: dudo que haya otra persona con quien uno pueda sentirse inferior y eximido a la vez de rivalidad. No hay competencia entre él y yo, porque él es él (cree serlo) y yo soy yo (*idem*). Podría emprender un *De la amitié 2*, pero confío en los buenos entendedores. En el país que inventamos Lucio y yo para nosotros mientras hablamos y comparamos nuestros gustos o disgustos no son posibles ni el éxito, ni el fracaso, ni el *American way of life*. Nada en ese orden de ideas. El país de la amistad no está en los mapas. Fue una suerte que hubiésemos tenido que salir del lugar donde nacimos: eso acabó con la ilusión de querer encontrar nuestros ideales en algún sitio específico. Yo no soy tan asno como para pretender que Lucio Cavaliero, que sí es un escritor, no exista o para desconocer que lo que hizo con mis confidencias sea más digno del recuerdo de los lectores que lo que yo ahora ofrezco. Para Lucio toda mi gratitud. Para mí, el consuelo de al menos saber que estoy llegando a un final. Acabar es el único consuelo auténtico, sea de las letras o la vida.

Escribo en Figueira da Foz, sentado a una mesita del patio de una casa que he asimilado y empieza a parecérseme. Me distraigo saludando el Atlántico, de un turquesa profundo. Y miro alcatraces. O *alfaiates*: sastres a la medida azul de estos cielos. La música que sale de mi DELL portátil, no faltaba más, es de Purcell y sigue reclamando los instrumentos de la felicidad.

Gabriel Charnon no se merecía la aversión de nadie, ni siquiera la mía. No es un secreto que el alcohol conserva: me pregunto cuál será su paradero.

# MÚSICA
# ANTIGUA

¿Cómo definir la soledad? El tema me excede, por supuesto, como otros que alimentan a la vez lugares comunes y pensamientos profundos: el amor, la amistad, la muerte, Dios, el arte, el sentido de la vida. Con respecto a la soledad, no obstante, algo me favorece: vivo en las Grandes Praderas. Eso no significa que sepa expresar lo que siento; quiere decir que el destino me ha conferido cierta autoridad acerca del asunto.

Al abordar de entrada una enormidad semejante –la soledad: ni yo me lo creo– no quisiera espantar a nadie, menos a un posible lector.

Para empezar de nuevo, podría describir la arboleda que contemplo desde el balcón: el bosque ralo, a punto de quedar pelado. La proximidad del invierno en la escarcha, en las nevadas leves que ahora se repiten cada madrugada y dejan el paisaje salpicado de blanco, gris, pardo. La niebla: no podría omitirla; últimamente me obsesiona. Empieza allá, detrás de todo, donde se divisa la laguna de orillas congeladas. Va arrimándose al balcón; luego retrocede; regresa al lugar de origen. Y vuelve a mí. La única visita que he recibido en mucho tiempo. Nada se distingue con claridad; mi deseo fallido de ver es lo único que puebla el paisaje.

También, para empezar, podría retratar el apartamento donde vivo: su pulcritud aséptica, típica de un solterón cuya única oportunidad de hacer ejercicio físico es limpiar. Durante el verano, cuando salgo a leer al parque, el desorden y el polvo tienen más excusas para instalarse en las habitaciones, la sala, el balcón. Llegado el otoño, cuando el tiempo lo empuja a uno a encerrarse, no queda más remedio que ser el plumero, la aspiradora, la pala y la escobilla inflexibles. Los libros en los anaqueles revelan mis manías: si alguien accediera algún día a mi defendida intimidad los vería allí, frente al escritorio, dispuestos alfabéticamente (aunque confieso un remordimiento: hay volúmenes por autor y volúmenes por título. Fastidia saberlo, sobre todo cuando tareas urgentes me ocupan: recuerdo la fecha límite, la palabra de apremio de mis jefes y, por detrás, casi en un recoveco, oigo la voz burlona: los libros, los libros...). Las casetes y los discos se encuentran sometidos al alfabeto con un poco más de rigor. Y debo añadir que la regularidad no obedece a mis neurosis, sino a una devoción modesta: el culto de la música es una herencia de mi difunto padre, que me legó buena parte de lo que tengo en los estantes. Esos frágiles objetos, más que su memoria o sus retratos (hechos hace mucho, cuando los colores eran todavía una rareza), es lo que más persiste de él.

Junto a las fotos de mi padre he colocado las de mi madre; son menos; hay una que me mira cuando abro la puerta de entrada.

Para empezar, podría también hablar de este manuscrito, garabateado frenéticamente –jamás tecleado: sería sacrílego–, o del lugar donde vivo. Disertar sobre corredores sombríos, pero limpios; sobre rellanos no visitados, pero sin una mota de polvo, gracias a no sé qué artificios de la compañía que administra el edificio, esa compañía tan eficiente que, pese a lo previsto, no encuentra ocupantes para los veintiún apartamentos (tres en cada piso) por la sencilla razón de que vivimos en Lincoln, Nebraska, una ciudad cenicienta y sigilosa, rodeada de vacío por los cuatro costados: dar un paso fuera de ella significa someterse a planicies abrumadoras, verdes en verano, muertas en invierno, desoladas estación tras estación, vacías siempre. Decía que no hay, en todo el edificio, más que diez apartamentos habitados. Excepto un sujeto huraño que estaba en el séptimo piso, todos los demás vecinos viven entre el cuarto y el primero, supongo que por el precio. Mi apartamento se encuentra aislado en el sexto, lo que me convierte en el único representante de la clase media alta. Estar aquí tiene sus ventajas: sin verme forzado a costear el piso superior –la diferencia es casi de setecientos dólares mensuales–, puedo compartir algo de la vista que seguramente se captará desde él. Pero (esto es lo bonito del caso, lo que siempre me digo a modo de consolación) ¿qué hay que ver enfrente y más allá? En invierno, nada, porque la niebla rodea al edificio y se posa sobre el bosquecillo que crece en los alrededores; en verano, nada, porque lo único que ilumina el sol es pasto, una llanura sin fin, ni aldeas, ni colinas, ni vida perceptible para ojos humanos.

Aquí y allá, nada.

¿Se entiende ahora por qué me había propuesto comenzar hablando de la soledad?... Aunque tampoco deseo recaer en dramatismos infundados. Además del inconveniente de carecer de ruidos mundanos, Lincoln es una ciudad funcional como casi todas las de este país; es difícil, de hecho, formular una queja relevante. Hay racismo disimulado, claro; la universidad confiere doctorados honorarios a cantantes *pop*; la comida es torturante; y, *last but not least*, los tráfagos sexuales apenas si existen en clandestinidad, culpables. Aparte de esas insignificancias, la vida está resuelta: las calles se ven limpias, el correo es óptimo y el servicio de Internet, hasta ahora, impecable.

He avanzado y sigo preguntándome cómo empezar. Vayamos a nuestra materia, que no es la soledad sino la música. No tengo cosas sabias ni novedosas que promulgar: me conformo con suscribir que ha sido la mejor compañera a lo largo de los años. Eso basta. Otros compran mascotas en las tiendas; los he visto bajarse del auto sin nada y salir con un salchicha, o un caniche, u otra de esas asquerosidades falderas. Más que de ladridos, prefiero poblar el apartamento de melodías, cadencias, ritmos familiares o remotos: no son criaturas inconscientes; superan, por el contrario, a sus dueños; traspasan el sentido de la realidad que tenemos los hombres solos y nos hacen participar de otras vidas. La música es como el agua: cobra las formas del lugar donde se escucha. Como el aire, puede respirarse. A veces alimenta una idea o una imagen, que crece hasta tocar la luz: entonces es como la tierra. Sería como el fuego, también, si en Lincoln hubiera buen tiempo y no hiciese frío. Y sería como el fuego si encontrara en mí la capacidad de arder, abandonada no sé cuándo.

El tedio, la grisura de mis días pueden más que la suma de todo. Hay algo que se ha perdido; lo siento al lado. Es indefinible y más real que yo mismo. Sin embargo, no he dejado de prestar atención a la música: me permite, al menos, olvidar.

* * *

Estamos a fines de otoño. Creo que mi padre murió por estas mismas fechas. Recuerdo que mi madre languidecía desde principios de noviembre y ya para diciembre era una presencia sonámbula que surgía aquí y allá en las habitaciones. Cuando se animaba a hablar, recaía contra su voluntad en la cuestión de las cronologías: habíamos viajado en tal día a tal sitio; en equis oportunidad tu padre había visitado la Universidad de

Nebraska, respondiendo al anuncio de empleo; aquel mes nos habíamos mudado a Lincoln; tu padre había fallecido justo el día después de... Me salto las fechas: en un primer momento lo hice a propósito; me propuse adquirir la costumbre. Últimamente, compruebo que los esfuerzos no son necesarios: he perdido toda noción de anales y calendario. A veces, eso sí, cuando vengo del cementerio y veo las dos lápidas una al lado de la otra, la memoria se refresca.

¿Suena patético? ¿Espectral? ¿Romántico? Un poco de todo. Pero no ha sido mi intención: quien quiera imaginarme, ha de proponerse ver unas facciones anodinas; un gesto impasible, incluso tolerante; un aire de quien anda reconcentrado y persigue una idea que se desliza en los rincones.

Sonrío de vez en cuando: me lo dice el espejo, frente al escritorio.

Mi padre, el de los retratos, era profesor de Música. Había pasado años estudiando historia y teoría, pero acabó en las Grandes Praderas con un cargo universitario resbaladizo, que complementaba con lecciones particulares de piano (mal impartidas, por cierto, pues lo hacía a disgusto) y algunas empresas pasajeras. De joven, en Barcelona, había comenzado la carrera de Filología Románica, pero, al darse cuenta de que nadie parecía apasionarse por lo que hacía (solo él, y lo juzgaban desequilibrado), lo dejó todo; se puso a rastrear becas en Alemania o Estados Unidos, para especializarse en Arte, Música o lo que fuese: había hecho cursos previos, en su desordenada adolescencia, y formaba parte de una orquesta de pueblo (su familia vivía en las cercanías de Gerona). Vino una casualidad, otra más, y se encontró en un conservatorio de Long Island; luego, en la Mannes School of

Music de Nueva York; más tarde, aprendió con algunos amigos canciones escabrosas de Purcell, su compositor predilecto, y se encontró cantándolas a coro en bares universitarios, entre cervezas. Tuvo suerte; cultivó ciertas amistades; fue a parar a una camerata con la que empezó a ganarse la vida y viajó incluso por el exterior. Desde entonces, se especializó en música antigua, a la que, por otra parte, lo habían remitido sus lecturas tempranas de trovadores: nació, después de todo, en Besalú, donde siglos atrás vivió Ramon Vidal. Se sabía de memoria pasajes enteros de *Dreita maneira de trobar* y, a veces, amenazaba con recitar *Unas novas vos vuelh comtar...* Mi madre lo frenaba con achaques de embarazo o cuentas de luz y teléfono que había que pagar. Aparte de esos aterrizajes forzosos, siempre se llevaron bien, creo. Hasta el día del infarto.

Ella me lo transmitía todo así, intentando reproducir las expresiones, las frases, las muecas del ausente. Su catalán trastabillaba, por ser venezolana; eso poco importa: copiaba con sus mejores talentos de viuda las huellas en el aire.

Se conocieron en una gira de la camerata. El calor de Caracas le pareció a él insufrible, pero la obsesión que cogió con la muchacha de la primera fila que asistía a cada una de las presentaciones fue tan intensa que, aun sabiéndose un prepirenaico amoratado, superó los sudores, la temperatura, su propia timidez, y se le presentó a la desconocida. Mi padre, aunque hombre de escasos arranques, los tenía y demostraban cierta reserva de valor (del que yo, lamentablemente, carezco). La joven resultó ser estudiante de Letras. Él la sedujo con recitales en lenguas remotas o muertas: trovadores, goliardos y, no faltaba más, Ramon Llull. En lo que concernía a música, de algo tenían que charlar también: el primer tema fue Purcell, su capacidad de pasar de lo refinado a lo callejero. En un extremo, la delicadeza de *O solitude, my sweetest choice*; en el otro extremo, con sus gases, eructos y risa a la cañona, *Pox on you*. Solamente un hombre íntegro, rebosante de humanidad, podía adaptarse a sus circunstancias... A todas estas, sumergida en el discurso y alelada, mi madre descubría que sentía debilidad por la erudición. Mi padre la exhibía sin darse cuenta. Así que acabaron juntos en Nueva York. Muchas veces oí la historia; se desvanece ahora, cuando solo soy una sombra sola.

Lo de la camerata no duró. Las invitaciones empezaron a escasear. Se me ocurrió a mí aparecer un día y papá se vio en la necesidad de instalarse en algún sitio. Vinimos a parar a Lincoln. Ni el Medio Oeste ni las Praderas atraen demasiado a los universitarios de valía (salvo Chicago y Madison, Wisconsin), lo que obliga a los departamentos a esmerarse en sus ofertas. La de papá, hasta cierto punto, fue un timo: los vaticinados aumentos se alejaban; el ascenso se dificultó. Pero el hijo recién nacido era una razón de peso y decidió quedarse, mal que bien.

Luego de enviudar, mi madre corrió con suerte y obtuvo un empleo estable, de maestra de Español: como por estos lares no abundaban los hablantes nativos, la competencia era poca. *Those were the days*. Casi todo el tiempo libre lo invertía en las fotos del marido o en mí: en ponerme al día, copiosamente, con los refranes de su tierra; con la conjugación de verbos que nadie conoce en las calles de Lincoln; con lecturas en voz alta que llenaban mis horas y las suyas, tan llenas de cosas que se perdieron. Hablaba de los parientes en Caracas: nunca fueron una alternativa, supongo que por la intempestiva fuga con el catalán. Con la familia de Gerona tampoco hubo relación. Papá era hijo único.

Estoy en Nebraska, que rima con Alaska, y en invierno rima-
rá con Siberia, y siempre rima con cosas lejanas. Converso con
esta hoja de papel. Mientras ella y yo cabeceamos y callamos,
dejo que la música, en el tocadiscos de la sala, rocíe las paredes,
los cuartos y los paisajes que se esconden afuera. *Asperges me,
Domine.*

No hay nadie.

* * *

En el horizonte se ven granjas, con sus cosechas de aullidos.
Hasta el viento desearía no soplar por acá.

* * *

Pertenezco a esta tierra, pese a haberme criado con nostalgia
de otras que no he visitado. En la intimidad, me siento a gusto
con la lengua materna. Una vez en el corredor, afuera, lo único que me sale con naturalidad es el inglés, con el que nunca
se conciliaron mis padres. Mamá decía que el acento de papá
era pedregoso. El de ella era incomprensible: sus interlocutores,
perplejos, no sabían qué hacer, cómo reaccionar; entonces salía
yo en su ayuda, sirviéndole de traductor o retraductor.

Pan nuestro: óbolo y propina. Traslado almas de un mundo
a otro.

Mi madre me admiraba por el dominio de vocabularios que
a ella se le resistían. Un día, cuando no tendría yo más de once
o doce años, después de haberme alabado por semanas, llegó a
casa con algo que había pedido en una de las escasas librerías de

esta ciudad: un *Curs de Català*. Completo: diccionario, gramática, casetes. Al principio, la idea de estudiar un idioma que nadie más a mi alrededor hablaría no me hizo demasiada gracia, pues con el español tenía suficiente: pensar en esta lengua y comunicarme con mis compañeros de clase en otra me suscitaba dudas que nadie resolvía (nunca supe si deberían o no plantearse en voz alta). Pasados los meses, teniendo los libracos allí, las fotos allá, las miradas y los guiños del hombre de los retratos, decidí entregarme en cuerpo y alma al curso. Era ya un adolescente solemne, que descollaba en todas las materias (Latín, Historia, Literatura) llana y simplemente por no perder el tiempo en juegos con vecinos. A la tercera semana de estudiar, monje disciplinado, reproducía oraciones enteras en voz alta; casi a la perfección recreaba diálogos cotidianos como los grabados en las casetes, encargándome de las dos partes; y tenía que oír cómo prorrumpía mi madre en hipos y llantos convulsivos en la habitación de al lado, presa de ráfagas de añoranza por un hombre que no estaba en ninguna parte.

Del catalán no fue difícil pasar al occitano: papá debió de haberlo manejado con cierta soltura, por lo que insinúan varias docenas de libros. Excepto una gramática y un glosario, todos contienen versos antiguos. En muchos de sus discos se cantaban, así que no tardé en imaginármelo escuchando, siguiendo la letra con el volumen en el regazo, sentado en el sofá de la sala. Tal vez silbaba o dirigía con los dedos, descuidadamente, relajado luego de una semana de pequeños disgustos con estudiantes rurales sordos, payeses, a los que más les interesaría una cantante de moda que una lección de piano o de violín. Excepto yo, los nebrasquenses —¿nebrasqueños?— son campesinos primitivos, comedores de bistec, tocadores de polca. En el mismo sofá, intento reproducir el tararear de papá, nunca oído por mí; sus movimientos nunca presenciados. Jamás lo vi y, si lo vi, jamás logro recuperar la imagen. Cero fantasmagorías de la Kodak: la imagen viva.

Yo casi no existía en aquel entonces.

Pertenezco a esta tierra, creo haber escrito. No sé qué significa eso. No quiere decir que me entienda con ella. Puedo preciarme de conocer cuatro o cinco lenguas bien, leer otras dos, pero ninguna me sirve aquí, porque hablar con extraños no es una costumbre bien vista y todos, absolutamente todos, nos desconocemos. El nuestro es un país de introvertidos heroicos que han aprendido, desde el siglo de los peregrinos, a callar en inglés: cuando voy al banco, allí está el cajero automático, que nos ahorra palabras; cuando voy al supermercado, solo me siento obligado a dar los buenos días o las buenas tardes, un *hi* escueto, el saludo predilecto, para enseguida coger con mis propias manos lo que voy a comprar, acercarme a la cajera y ver cómo pasa cada producto por la máquina registradora que descifra códigos en silencio; en los restaurantes y las barberías, el menú y los cortes respectivamente suelen estar descritos, fotografiados o numerados: bastan un *five* o un *eight* y todo se resuelve –de un tiempo a esta parte, ni siquiera he tenido que ir a cortarme el pelo: él mismo decidió abandonarme–. Mi calva, el otoño afuera: la estampa está casi completa.

A estas alturas, quien me lea empezará a preguntarse cómo me gano la vida (suena irónico). Me presento cinco veces a la semana en una oficina gubernamental, de ocho de la mañana a tres de la tarde. Visto de gris, generalmente; jamás olvido la corbata. Estudié Administración en Omaha, el paraje más lejano que he visitado. Si no me decidí por Música, o Literatura, o Idiomas, era por ponerme triste cada vez que lo pensaba: sentía que, de seguir la inercia de mi familia, habitaría un mundo de niebla, en el que se repetirían las inclinaciones de los que habían desaparecido. Administración: todo lo contrario de mis mayores. Administración: lo más grosero que se me ocurrió, y lo más práctico. Quizá la carrera lograría hacerme real o me ayudaría a encontrar un lugar que no existía: lo sospechaba en aquel entonces, cuando no tenía veinte años; lo sospecho ahora que he dejado atrás los cuarenta. Me matriculé; estudié; desarrollé una pericia en álgebra de la que todavía no me convenzo; y, al final del camino, apareció este cargo, no en Omaha, sino en Lincoln. Lo acepté y aún hoy no entiendo por qué. Casi diría que alguien más se tomó la libertad de dar el sí. Alguien más firme que yo; invisible. Y aquí estoy, ejerciendo una profesión que quizá no se ajuste a mi título, pero consolado por llevar cuentas aptamente. Mi oficina no es tal: se trata de un cubículo. No saludo a las secretarias al entrar y salir; entrego con puntualidad las tareas que se me asignan. No trabajo horas extras; nunca ha habido urgencias: se planifica con rigor. No cabe en la imaginación la frase *última hora*. Todo se limita a los quehaceres. Una que otra vez me inquieta constatar en los pasillos o en la oficina de al lado conversaciones que no atañen a nuestros deberes: alguien comenta los resultados del partido de ayer; otro más no sé qué del discurso del presidente; las secretarias eruditas opinan sobre la telenovela. En ocasiones les he prestado atención, aunque la vulgaridad me abruma; carezco de la vocación necesaria para congraciarme con idioteces. Nunca chismorreo; a nadie se le ocurre propiciar sesiones en mi presencia. Sé que me esquivan. Sé que me aplicarán el apodo de *weirdo* –¿'bicho raro'?–.

Sé también que no me interesa.

Las navidades pasadas un amigo secreto del departamento me regaló un reloj de cucú. Me abstuve de hacer regalos.

Al llegar a casa, saco del congelador la comida y la pongo en el microondas. El recipiente gira. Solo soy una sombra sola; solo sonar, solo sonido. Luego, me siento a comer mirando a través del balcón lo que sea que aparezca en el exterior. Solo soy un son baldío. Más tarde, sin corbata, sin zapatos, me echo en el sofá y escucho música. A veces, también, me siento al escritorio y emprendo estas parrafadas. Sol sombrío.

Los sábados por la mañana voy al cementerio.

* * *

Hoy he amanecido triste; no con una tristeza cualquiera, de las que da igual una u otra, sino con la que más temo: esa lenta, acuosa como un estanque, salida de *adagi* barrocos. La primera vez que la oí (hay emociones que empiezan en los sentidos) fue en el movimiento intermedio de un concierto para oboe y cuerdas de Alessandro Marcello. Lo transmitían por la radio. La melodía taciturna se apoderó de mí e intenté apoderarme de ella buscando todas las versiones grabadas. Fue inútil. Aquel murmullo veneciano no se dejaba dominar; acabó imponiéndose: con sus ecos me visita; lo hace cuando mi ánimo está débil y miro retratos y tengo que echarme a llorar, porque no puede hacerse más con este peso muerto de días en que todo está vencido, se precipita o cae, incluso el otoño húmedo.

Plaf.

En cada una de las hojas se me repite la voz, su tono.

A veces, cuando escribo, reincido en los soliloquios; las sílabas se desgranan para mantenerme en el estado actual: mustio, adormecido. Cierro los ojos y lo primero que imagino es una gruta oscura, donde resuena el eco de gotas que desde las alturas se suman a pozos inmóviles. Eso: la gruta, los pozos, el frío mineral que penetra los huesos. Tiemblo de adivinar que soy el habitante de antros pútridos y espesos. De unos años a esta parte, la visión se me infiltra en los sueños. En uno, por ejemplo, a la contemplación de ese espacio se agregaba la de mi madre, que se miraba sobre la superficie del agua. Yo hablaba con su reflejo, no con ella; su voz tampoco venía a mí directamente: rebotaba en cada pared y se cargaba de pedruscos, fango, musgo; sus palabras flotaban anteriores a la sintaxis:

Ayer, adiós, lejos, precio, íngrimo.

Jamás me he entendido con los sueños como lo hago con mis notas, mis libros, la música de mi padre.

De mi padre: en realidad, papá era de la época de los viejos discos, mártires del polvo, las repeticiones y las rayas. Muchos dejó. Apenas les presto atención; he logrado sustituirlos por nuevas grabaciones en compacto. Las mismas piezas, los mismos intérpretes, más proclives a la eternidad. Estoy seguro de que a él le habría encantado oír sus melodías incontaminadas por los abusos del tiempo y la torpeza de las agujas. Cada vez que presto atención a su música, vuelvo a querer a un hombre que murió sin que hubiésemos intercambiado siquiera una frase sensata.

Me he estado saturando de bilis negra, ya lo veo, durante las últimas horas. Luego del *adagio* de Marcello vino lo de la gruta, los sueños ininteligibles. Enseguida, los discos. Es una rutina, tanto o más que los horarios del trabajo.

Hace años, en una pausa idéntica a esta, en un otoño idéntico, algo interrumpió mis hábitos. No me habría incomodado un ruido de autos en el estacionamiento ni me habría alarmado el gañido de los coyotes desorientados que recorren la arboleda de enfrente (para deducir lo que los habitantes de Lincoln sabemos: que no hay nada que hacer en estos parajes); no habría sido motivo de inquietud el aleteo de las lechuzas o el volumen excesivo de un televisor. Lo que se coló por los ventanales, casi imperceptible primero, titilante después, resultó ser, más bien, un rastro de música. Y no el fastidioso *country* de algún vecino o el *rock* infernal de sus hijos.

Algo como coros angélicos se oía.

Temí alucinar. Corrí al balcón para abrir la puerta de vidrio. El golpe de aire frío no me molestó, porque con él se paseó por el apartamento, mezclada, una misa del *Cinquecento*. Más que alucinación, comencé a temer locura. Cerré los ojos no para contemplar grutas: el nombre de Orlando Di Lasso pujaba para que lo pronunciase.

La música subió de volumen. Distinguí ahora la *Missa Bell'Amphitrit'altera*.

Era Di Lasso.

El pasaje *Et exspecto resurrectionem* resonaba en el edificio; se repetía en las soledades de la niebla y el bosque que aguardaba en ella. Orlando Di Lasso: había estado un año entero escuchando sus motetes y misas; solía acompañarlo con Lobo, Palestrina, Victoria. Todavía con los ojos cerrados, exhalé abruptamente y cargué los pulmones con la brisa de la noche. Inhalé una vez. Otra. Di Lasso. *Et exspecto resurrectionem*, exclamaba el coro. *Orlande* flamenco. Fue medicina: hacía tiempo que no me dedicaba simplemente a respirar. Por esa misma razón (la salud) me di cuenta del riesgo que suponía el aire demasiado puro y frío para un pecho acostumbrado a encierros. Resolví cerrar el balcón. El *Agnus Dei* concluía.

El asombro no se detuvo aquí. Una serie de motetes me hizo vacilar, impotente para reconocer al autor. *Loquebantur variis linguis*, *O sacrum convivium*, *Audivi vocem*. Hasta que se deslizó en la sala del apartamento un dulce *Videte miraculum* –quienquiera que lo estuviese escuchando subía el volumen: la dulzura del motete retumbaba– y supe que se trataba de Thomas Tallis. Sobrevino, en ese instante, la pregunta que tarde o temprano tenía que hacerme: Di Lasso, Tallis..., ¿a quién demonios (perdóneseme la contradicción) se le ocurría poner semejantes cantos en aquel vecindario, aquel edificio de las afueras de Lincoln, Nebraska, entre autistas de las planicies y arboledas solitarias? Secretamente, me vanagloriaba de ser el único bicho raro que albergaba sensibilidades superiores a las de las faenas rurales y, por supuesto, a las de los provincianos de ciudad en medio de los cuales había crecido. Solo yo podía haber estado escuchando esos mismos cantos, a esa misma hora, recién caída la noche, y en aquel lugar.

Noté que el equipo de sonido de donde provenía el concierto hacía vibrar paredes y cielorraso. Sobre todo, este último. Cuando me asomé al corredor del piso, supe que mi sospecha era correcta: Tallis y, antes de él, Di Lasso, poblaban el apartamento que estaba encima del mío.

Allí vivía aquel vecino hosco, con el que nunca había hablado.

\* \* \*

El hombre que vivía en el séptimo: el único que podía pagarse el lujo de hacerlo. ¿Lo envidiaba por eso?

Quede claro que mi sueldo no es insignificante; al no tener mujer ni hijos, ni valor ni ánimo para salir al mundo a despilfarrar, he acumulado un capital que abriría los ojos de muchos de mis compañeros de oficina. En realidad, no eran cuestiones materiales las que me ataban (porque ya lo hacían) a aquel desconocido cuyos gustos coincidían con los míos. El hombre, para mí, era una incógnita. Reflexionando un poco más sobre mis circunstancias, pronto llegué a la conclusión de que todos mis vecinos me resultaban igual de ajenos. Aparte de algún gruñido o *hello* en el ascensor no había habido contacto entre nosotros. Yo los dejaba de inmediato en sus pisos inferiores y proseguía hacia arriba.

Creo haber dicho que el mío es el único apartamento ocupado en el sexto. Alguien había escalado más que yo.

No me comunicaba con nadie, excepto el conserje. A su edad, otros estarían visiblemente estropeados y achacosos; él, a pesar de las arrugas y el pelo blanco, no muestra signos de vejez. Sonríe a todo, incluso a mi falta de expresión. Sé notar esos detalles, pero no me he atrevido jamás a agradecerle a Herman –así se llama– su afabilidad. Tenemos cosas en común: somos solteros, nada jóvenes, vivimos en el mismo edificio (él, en la planta baja), pero hasta allí llega nuestra familiaridad. Cuando lo llamaba en esa época por cualquier problema que hubiese en el apartamento –bombillas que fallaban, la trituradora que padecía ataques de tos, el lavaplatos echado a perder–, Herman venía y hacía los arreglos necesarios; cuando el negocio era complicado, telefoneaba por cuenta propia a los de la agencia Vulcan, con la que tenía tratos la compañía administradora: los técnicos venían y maniobraban; o Herman se encargaba él mismo, si no veía luz en el caso, de llevar y traer mensajes a los del condominio... En ninguna de aquellas oportunidades contesté sus frases amables, que invitaban a la conversación ligera, esa, precisamente, que más sabe irritarme: el fútbol (del cual lo ignoro todo), el tiempo (que no me incumbe), las elecciones (¿cuántos partidos hay en este país?: quisiera no poder responder). Herman era paciente. Conmigo, alguien menos humano habría optado por callar, hacer las reparaciones debidas e irse enseguida. Él no: entendía mis estados de ánimo.

Sospecho que me tiene lástima.

¿Será Herman el gracioso que un día me puso en el buzón aquel anuncio clasificado de masajistas? Nunca lo usé; lo tiré al cesto de inmediato, pero por momentos llegué a fantasear con citas acordadas telefónicamente. Incluso, ya que no preveía relaciones en un futuro cercano, podría haber hecho un contrato con alguna de las jovencitas. Una vez al mes, digamos; o una vez cada estación; siquiera una vez al año...

Me salgo del tema: un efecto de la vida solitaria es esta imaginación atosigante, que inventa minucias. Si fue Herman o no el del anuncio, jamás lo comprobaré.

¿A qué viene tanto hablar del conserje? Al día siguiente del episodio de Tallis y Di Lasso, lo primero que se me vino a la mente fue averiguar a través de Herman quién era el vecino del séptimo.

Tracé rápidamente un plan. Depositaría un anillo o algo por el estilo en el desagüe del fregadero; llamaría al conserje y le contaría que acababa de ocurrirme lo mismo de la vez anterior, lo mismo de hace meses; que si podía subir a sacar el anillo. Él diría que sí; se presentaría en menos de diez minutos a la puerta; entraría; haría un comentario sobre la niebla y la temperatura que baja cada día más; se nos echa encima el invierno, ¡qué barbaridad!; sacaría de la caja la herramienta apropiada y en un dos por tres me devolvería el objeto que había causado el problema.

Así fue: todo siguió el camino previsto. Lo único que falló fue la chismografía. Llegado a ese punto, no supe cómo preguntarle quién vivía arriba:

—Oiga: ¿sabe quién pone esa música tan alta?

—No entiendo. –El estupor de Herman, y de esto me percaté después, se debía a que, por la manera de plantearle la pregunta, le pareció que lo interrogaba acerca de mí mismo: yo también era extraño; yo también subía de vez en cuando el volumen del tocadiscos–. ¿De quién me habla usted?

—Del vecino de arriba.

Lo comprendió:

—¡Ah!... ¡Ah!... El señor...

Al cabo de un minuto me explicó que se trataba de uno de esos apellidos extranjeros más o menos impronunciables. ¿Qué nacionalidad tenía? Herman no lo sabía. ¿Qué hacía en Lincoln? ¿Dónde trabajaba? Tampoco lo sabía Herman. Se limitó a decirme que recibía mucha correspondencia de Nueva York, Europa y Suramérica y que, probablemente, fuese parte de sus negocios. No creía, en todo caso, que *Mr... Mr... damn, I can't remember his name* se quedara mucho tiempo ni en el edificio ni en Lincoln. El contrato firmado con la compañía era mensual, no anual.

Hice más preguntas, todas contestadas vagamente. Al final desistí, por la cara del conserje.

—¿Quiere que vaya a hablarle para que no ponga la música tan alta?

—No, no, Herman, de ninguna manera. No me molesta... Era curiosidad. Eso.

No pareció convencido. No soy buen actor; para cerrar la conversación tuve que empujarlo hasta la puerta. Esta vez, a diferencia de todas las otras que había venido a reparar algo, le di las gracias.

—Ahora me toca el extractor de la señorita Moino; a la pobre se le llena la cocina de humo... Lindísima. Un ángel.

Identifiqué a la vecina: una rubia natural, de ojeras pronunciadas, con exceso luciferino de pintalabios. Ceñidas las faldas. Licras. El acentazo me la certificó hispana –bastaron escuetos *hey*, *hi*, *hello*, *good morning* y *goodbye* en el ascensor–; Moíño y no Moino. Meses atrás, molido (ajá) tras varias poluciones nocturnas, le puse en el buzón una carta que le enviaban de España: la encontré en el mío por equivocación. Herman me comentó que el cartero hedía a alcohol.

A solas de nuevo, me dije que la intentona había sido ridícula. Me disponía a tomar asiento y a escribir, cuando llegó hasta mí un eco.

Ahora no se trataba de obras sacras: al vecino de arriba le había dado por lo profano. Seguía en el Renacimiento y empecé a tolerar la suposición de que fuese *su* período. El único. Escuchaba una desordenada selección de piezas de *Terpsícore*.

No tengo nada contra Praetorius: lo disfruto, por el contrario; solo me agota encontrarlo en cada grabación, como si no existiesen otros compositores o compiladores de danzas. Sea como sea, las melodías me confirmaban al del séptimo como un espíritu afín: yo también las había cursado.

Cada vez lo sentía más cerca.

Me esforcé en reconocer la versión exacta que escuchaba. Barajé nombres y descarté los obscenamente festivos y los inmoderadamente graves, hasta llegar a dos interpretaciones que no distaban del equilibrio de humores de la que oía: o era el Collegium Terpsichore o era... Munrow. Tenía justamente el mismo disco que el vecino.

Pensé romper el hielo: podía correr al tocadiscos y poner justo aquella versión de *Terpsícore*. Me habría encantado ver el asombro de aquel *weirdo* al notar, salida de abajo, la réplica de su propia música. En Lincoln, Nebraska. El fin del mundo. Volumen máximo, quebrantahuesos.

Lo medité; lo planeé; intenté prever las consecuencias. Cuando por último me decidí a darle la sorpresa, la música de arriba se apagó.

El crepúsculo y la noche transcurrieron en silencio.

* * *

Cada noche tiene su personalidad, y cada persona segrega las sombras que le dan apellido y nombre.

* * *

Espié durante días las andanzas del vecino. Cada vez que llegaba al apartamento, me quitaba la corbata, iba a coger una taza de café y levantaba la tapa del equipo de sonido, preparado para repetir cualquier danza, misa o motete. Estaba seguro de que nadie, ni aun aquel desconocido, superaría mi colección de discos: en ella había invertido mi vida y más –la de mi padre–.

No habría comparación; mi excentricidad no sería igualada por la de ningún recién llegado, menos un hombre obligado a mudarse constantemente; lo suyo eran los negocios: cargaría poco equipaje.

¿Qué me proponía? No lo sé. Rendirlo, sí. ¿Quizá hacerlo venir para curiosear mi música, mis libros? No recuerdo haber conversado con nadie al respecto. La experiencia sería única.

Allí estaba yo: sentado en silencio, dispuesto a saltar y apoderarme del disco exacto. Cuesta describir la alegría de haber esperado: afloraba en el cansancio, en los instantes en que contemplaba la gruta. Pero algo cambiaba en la visión ahora: además de oscuridad, además de la superficie inmóvil de la charca, en el sueño (¿lo era?) había una niña de siete u ocho años; fumaba y, al prender el cigarrillo, iluminaba los alrededores. Cuando me decidía a abrir los ojos, todavía persistía la huella de brasas en lo que veía.

Un miércoles, a eso de las cinco y media, cuando en el microondas giraba la cena, sentí pasos arriba. La puerta. Más pasos.

¿Qué haría el vecino? ¿Se aflojaría, como yo, la corbata? ¿Iría al baño, a la cocina? ¿Serían sus soledades como la mía?

Mataba el tiempo con esas cogitaciones, hasta que sucedió lo que había estado previendo: la música entró por el balcón.

Me levanté de un salto. Creo que me llevé incluso la mano a la oreja, como la caricatura de un espía. Deseé que el vecino volviese a escuchar a Praetorius, a Di Lasso o a Tallis.

Ni *Terpsícore* ni música sacra. Al principio me parecieron redobles marciales; luego comprendí que no lo eran: aquellos golpes presagiaban la entrada del buen tiempo. *Ecco la primavera* voceó un grupo de hombres y supe que se trataba de Landini.

Me abrumé. Ansioso como estaba, mi memoria no recobraba el dato: Landini, sí..., pero ¿dónde lo tenía? Frente a mí había casi tres mil discos y los títulos eran engañosos; el alfabeto de poco servía.

—Mierda.

Mientras recorría los lomos en busca del compacto, dónde demonios, dónde, sentí la energía, acaso el júbilo de perseguir algo. Había que estar vivo para hacerlo, no importaba lo absurdo del objetivo.

El vecino no salía del Renacimiento; esta vez, el Renacimiento temprano (no discutiré si es la Baja Edad Media). Miré. Revisé. No tenía sino dos o tres Landini. Y el que rastreaba era una cinta.

Las casetes me miraban socarronas en un estante. Le eché un manotón a la que buscaba. Cuando la puse en el reproductor, me detuve a calcular cuál sería mi próxima jugada. *Ecco la primavera* había concluido; siguió un *Lamento di Tristano* anónimo. Teníamos exactamente la misma grabación. Noté que mi vecino frecuentaba a David Munrow; era esta otra de las colecciones que antes de morir había preparado para el Early Music Consort of London. Munrow: después del anónimo regresaba a Landini... *Giunta vaga bilta*. Traté de dar en la cinta con el pasaje que resonaba en el séptimo piso. Justo cuando comenzó *Questa faciulla, Amor*, subí el volumen todo lo que pude.

Por instantes, la música de arriba y la de abajo se encontraron: el ente más uno y unido, la cosa más rara de este mundo fue lo que se produjo. Me imaginé al vecino. Al principio no se le ocurría que el único que desvariaba era yo. Después, poco a poco, se acostumbró a la idea. Tenía sentido... Landini. Landini en Nebraska. Dos Landini. Dos Landini en el mismo edificio de Lincoln.

La música del séptimo se interrumpió y quedó la mía, flotando en la brisa que entraba por el balcón. Bajé el volumen hasta donde juzgué suficiente para que el vecino hiciera un pequeño esfuerzo. Sentí que abría su balcón. Se asomaría para escuchar mejor.

Pensé sacar la cabeza y verlo yo, pero la fantasía me paralizó.

\* \* \*

¿Dónde acaba la timidez y empieza la cobardía? Aunque la pregunta es rotunda, no tengo más remedio que apuntarla: se me incrustó entre las sienes al día siguiente. Por la mañana, en el trabajo, luché con aquella obsesión. Me concentraba en los cuadernos o la calculadora, me reclinaba sobre ellos, y al rato me daba cuenta de que todas las sumas eran un horror. Una vez tras otra intenté proseguir. Al sentir el puñetazo que di sobre el escritorio mis compañeros se desconcertaron. Cuando vieron que los miraba, se ocuparon de lo suyo.

En una pared tengo el reloj de cucú.

Regresé a mi madriguera por la tarde, a las tres. Entré, no sin hacer un alto y, en el estacionamiento, inspeccionar el puesto del vecino. Allí estaba: un Mercedes. Un Mercedes junto al cacharro de la Moíño. El hombre se las traía. Empecé a tener la sensación de que tanto él como yo nos habíamos estado buscando antes de vernos por primera vez en uno de los pasillos del edificio. ¿Qué aspecto tenía? ¿Cómo era la cara? Me habría gustado poder recordarla. Fue tan rápido el encuentro que nada retuve.

El vecino del séptimo. ¿Sería cierto lo que el conserje me había explicado? ¿Se iría de un momento a otro? ¿Era extranjero?...

Ninguno de mis compatriotas, al menos ninguno en las inmediaciones, se aficionaba a la música antigua.

Entré al apartamento. Comí aprisa: no quería interrupciones más tarde. De la timidez a la cobardía había un límite vago, así que cogí nuevamente la casete del Early Music Consort of London. Landini se oyó con mayor discreción que la noche anterior.

No fue inútil el valor recién estrenado: del séptimo enseguida vino también el Landini de David Munrow.

Ya que a mi camarada del Mercedes le gustaba Munrow, busqué otras cosas suyas. Baladas de Gilles Binchois. Cuando arriba se duplicó la selección, sentí temor: aquello, incluso para mí, era *over-the-top* (¿cómo se dirá en español?).

Decidí seguir probando. Munrow... Este había titulado *El arte de los Países Bajos* una recopilación de piezas profanas y litúrgicas de Josquin Desprez, Antoine Brumel, Alexander Agricola.

El vecino me respondió con esa grabación.

Miré por el balcón y vi un otoño que no era el de antes: no habían caído todas las hojas. Las que quedaban eran rojas, amarillas; brillaban. Ni rastro de la niebla.

Tuve otra de mis ideas. No iba a rendirle mi intimidad a un advenedizo. Lo único que sabía de él era que le fascinaban Munrow y el Renacimiento. Revolviendo esos elementos, di con el próximo paso: busqué uno de los pocos discos en que el Early Music Consort se remontaba a los siglos XII y XIII: *Música de las cruzadas*. Empecé por la mejor pieza: la *Palästinalied* de Walther von der Vogelweide, donde se alababa la belleza etérea de la Tierra Santa.

Ponía al vecino en un aprieto; no se habría esperado algo tan contundente.

A los tres minutos, no se repetía mi selección; oí, en cambio, una parodia de la canción de Walther von der Vogelweide: *Alte clamat Epicurus*, con elogios al vientre y a la glotonería; resonancias estomacales, cavernosas al fondo. Reconocí al barítono, Pedro Liendo –un compatriota de mi madre– y supe que el vecino estaba al tanto de la existencia del Clemencic Consort.

Maravillado, furioso, corrí al anaquel que había dedicado al grupo. Después de Munrow, René Clemencic es lo más parecido a un genio. Qué me importa que le critiquen la falta de autenticidad de los instrumentos (en el esnobismo hay varios que me ganan). Puse en el tocadiscos su versión de las *Cantigas de Santa Maria*, la más arabizada y artificiosamente realista: berridos llenos de fe.

El vecino identificó mi selección; respondió con otra donde Clemencic interpretaba algunas *cantigas*, esta vez con distintas flautas.

Pasaron las horas. Noté que el de arriba se sentía más cómodo en el Renacimiento que en la Edad Media. Sin dejar de lado al Clemencic Consort, nos entretuvimos con una serie de pavanas y gallardas del siglo XVI: Tielmann Susato, Melchior Franck, Pierre Attaingnant.

Intrigado por la insistencia en los renacentistas, intenté en varias ocasiones devolver la música del séptimo piso al Medioevo y a René Clemencic. Las regresiones en mi vecino eran esporádicas y acababa llevándome tarde o temprano a los siglos XV, XVI y XVII. Probé con trovadores: me hizo saber que podía escucharlos, pero me contestó con canciones de doble sentido de Juan del Encina. Probé con la *Misa del asno* –la de Clemencic, primero, luego la versión menos dionisiaca de Philip Pickett y el New London Consort–: el de arriba me sugirió, muy serio él, la *Pasión según San Mateo* de Heinrich Schütz. Estaba bien: di el brazo a torcer y el resto de la velada transcurrió entre danzas de corte y primeros síntomas del Barroco.

Cuando se hizo tarde –las once–, la música se extinguió. Los ojos se me cerraban del cansancio. Bajo los párpados persistía la intensidad del concierto. Me acerqué a la baranda.

Estuve a punto de echar un vistazo al séptimo. Igual que la noche previa, no me atreví.

\* \* \*

Con cuánta lentitud mengua la luna mientras se finge sabia.

\* \* \*

Una semana después, luego de varios diálogos como el descrito, comprendí que entre el vecino y yo había un vínculo. No sé qué esperaba él: yo me lo figuraba de un momento a otro tocando a la puerta.

Fue curioso. Mis amistades habían sido pasajeras. Se limitaban al trimestre o al semestre escolar y no eran lo que con propiedad se conoce como amistad. En la infancia, semejante relación no existe más allá de los juegos; en la adolescencia, las diferencias generan el mote de bicho raro; adulto ya, los papeles de empleado o administrador me mantenían al tanto del mundo. El resto pertenecía al horizonte llano, o al cementerio, no lejos de aquí.

Algo debía de haber cambiado; lo noté por primera vez en la oficina, cuando, no sé por qué, invité a una de las secretarias a un té en mi cubículo. Me pareció verla boquiabierta, pero tan poca atención le había prestado a lo largo de los años que no descifré qué expresaba exactamente aquella mueca que iba diciendo ¿de verdad?, ¿de verdad? y, por último, me aceptaba la oferta. Mis fantasías con la *Moino* se disolvían con ella. Sin condimentos eróticos, horas después, noté casi lo mismo en Herman: a la entrada del edificio respondí tras muchos años de indiferencia a sus comentarios meteorológicos; añadí que sí, que estaba en lo cierto, llegaríamos a la primavera saltándonos el invierno, etcétera. Subí las escaleras a zancadas casi y el conserje, abajo, se preguntaba a qué venía tanta amabilidad.

En casa me sacaba la corbata, la camisa; iba a la comida; enseguida, al equipo de sonido.

No recuerdo cuánto duró aquello. Pudo haber sido un par de semanas. Hoy se me hace una vida: lo que creo haber sentido se amontona en esos días.

¿Cuándo comenzó la decadencia? El rito de acercarme a la baranda y retroceder, querer subir las escaleras y contenerme resultaba extenuante. Mi colega en músicas no se imaginaba lo que le habría agradecido una visita. ¿Estaría pasando él por lo mismo? ¿Necesitaría también un empujón?

Una mañana, luego de un ataque de insomnio, sentí que una jaqueca me partía el cráneo.

Me levanté, desayuné y salí a trabajar. Por más gárgaras que hiciera, el mal aliento no se me iba. Creo que ni me afeité. Últimamente sonriente, la secretaria del té no recibió respuesta cuando me dio los buenos días; supo que volvía a ser yo mismo. Tengo la impresión de haber refunfuñado todo el rato.

Tras el paréntesis engañoso, el otoño regresó: la brisa corría fría y se llevaba las últimas hojas en tumbos torpes por las aceras. La laguna, frente al apartamento, estaba petrificada. El hielo era más sólido que antes. Al contemplarlo, se me vinieron a la memoria unas líneas oídas en el *King Arthur* de Purcell. El Genio del Frío monologa con versos de Dryden:

> What power art thou, who from below
> Hast made me rise unwillingly and slow
> From beds of everlasting snow?
> Let me, let me freeze again to death.

Brumas: la niebla parecía fabricarse sobre la superficie de la laguna. Iba enredándose en las ramas como un manto. O un hechizo.

Por la tarde, tras una serie de portazos, el vecino se enteró de mi presencia.

Barroco andaba el del séptimo: distinguí los *Essercizii musici* de Telemann.

Metí en el microondas una bandeja de pavo y guisantes congelados. Mientras veía la comida calentarse, el malestar de la mañana se agudizó: el estómago se me revolvía, la comida giraba. Me pasé una mano por la cara y la noté pegajosa. Giraba y sentí un gran asco por mí mismo. Pitidos; saqué el pavo del horno: trozos de carne blanca y abyecta, llena de conservantes.

*Essercizii musici*: aquel hombre se complacía en melodías amaneradas y yo estaba tirado en el baño, asido al inodoro, echando fuera el páncreas. En soledad, no hay nada peor que estar enfermo. Las indigestiones, las gripes, las fiebres, los dolores de espalda se convierten en conflictos morales. Escombros.

*Essercizii musici*: ¿cuánto duró el padecimiento? ¿No se daba cuenta el vecino de que no quería contestarle? Hoy no. *Essercizii musici*.

Me levanté; busqué uno de los tríos que el hombre del Mercedes venía poniendo desde hacía rato. Subí el volumen del tocadiscos hasta que las ventanas vibraron y los cuadros en las paredes se movieron. Gritos feroces de las familias del segundo piso y el tercero, bebedoras de cerveza y adeptas al *country*:

—*Are you insane? Turn that thing down!*

—*Shit, what the hell is goin' on? What's happenin' up there?*

El vendedor de equipos había tenido razón al asegurarme que el aparato podía oírse del otro lado del Misisipí. Cuando lo apagué tal como lo había prendido, de sopetón, el silencio fue tan denso que no pude caminar a través de él.

\* \* \*

El día siguiente era sábado, lo que significaba que tanto el vecino como yo deberíamos estar descansando.

Como la madrugada anterior, esta para mí había estado llena de angustias, visiones. Dormí intermitentemente. Cuando salió el sol, era un zombi.

Traté de sentarme a escribir.

Lo de sentarse no fue mal; lo de escribir resultó imposible. No sabía en qué lengua pensaba: el vocabulario de cinco se me revolvía.

Me ardió el estómago; el café era menos amable que un veneno.

Al caminar me tropezaba con todo.

En el sofá cerraba los ojos, veía cosas; los abría y no distinguía nada. Al cabo de unas horas, até un par de ideas razonables: anoche había dejado la puerta del balcón abierta; la confusión provenía de mi insomnio, pero también de la niebla que se colaba en las habitaciones. Fui hasta la puerta de vidrio; a tientas, la cerré.

Busqué un abrigo en el dormitorio. Entré tiritando.

Deambulé por el apartamento. Creo que vi un reloj que daba la una y media de la tarde.

Sucedió entonces lo que no esperaba –¿o sí, en el fondo? Estaba demasiado aturdido–. El vecino del séptimo volvía a las andadas: su equipo sonaba lo suficientemente alto como para que yo lo oyera. Casi me decidí a subir las escaleras por primera vez. Le diría que lo sentía mucho, pero que hoy no me apetecían los conciertos: estaba enfermo... ¿No se me notaban las ojeras, la suciedad? Él aprovecharía para presentarse y ofrecerse a llevarme al hospital.

Algo interrumpió el fantaseo. La música, sin ser estruendosa, me produjo una convulsión.

El *Canon* de Pachelbel.

Me sentí traicionado: ¿cómo se le ocurría al patán ponerme algo que en cualquier supermercado o pila de discos en remate podía comprarse? Se creería que era yo un blandengue para venirme con el *Canon*.

No me importó que la versión fuese la arqueológica de Christopher Hogwood. No me importó hacer la conexión inevitable con los intereses del vecino: Hogwood había sido buen amigo de Munrow. Quise darle a entender mi desprecio. Solo un mediocre podía intentar congraciarse conmigo (sabía que se trataba de eso, después del episodio de anoche) recurriendo a Pachelbel. Intenté dar, entre discos, con uno que se adecuase a mi ira.

Allí estaba: los ojos me echaron chispas. Un compacto en el que Ingo Veit, vihuelista, y Johannes Reichert, contratenor, interpretaban canciones virreinales. ¿Quién más podía jactarse en estas planicies de saber qué eran una vihuela, un contratenor, un virreino? Cuando prendí el tocadiscos sentí lascivia y violencia. A Salvador Romero, un compositor bogotano del siglo XVIII, ¿quién más lo conocía? No mi vecino. Empezó a expandirse la *Lamentatio* en lentas ondas que tenían la eficacia de una guillotina:

Ego vir videns paupertatem meam in virga indignationis eius.
Me minavit, et adduxit in tenebras et non in lucem.

Y después:

In tenebrosis collocavit me, quasi mortuos sempiternos.
Circumaedificavit adversum me, ut non egrediar: agravavit compedem meum.

Mi vecino era demasiado ordinario, demasiado Susato, Praetorius (Pachelbel, por Dios: con eso estaba dicho), como para llegar donde yo había llegado. Me quedó demostrárselo. Planifiqué un bombardeo; elegí lo más intrincado que tenía: de Romero, pasaría a aires del Barroco inglés –Thomas Arne, John Blow–; de estos, a la polifonía de las cortes portuguesas –la *Missa pro defunctis* de Duarte Lobo y la de Manuel Cardoso–; de allí, cruzaría la frontera para ponerle una *Ensalada* de Sebastián Aguilera de Heredia, un *Rodrigo Martínez* hediondo a gansos, la *Danza alta* de Francisco de la Torre, el *Propiñan de Melyor*; enseguida, perdigones destinados a herir y no matar todavía al enemigo: *L'homme armé* en varias versiones, *La Battaille* de Susato y el *Courrant de Bataglia* de Praetorius –en mil y una interpretaciones, ya que tanto le gustaban y solo parecía tener un par–; luego, la *Sonata prima* de Castello, la *Sonate en sol* de Valentino, un *Divertissement de Campagne* de Boismortier, mucho Daquin,

Paisible, Francœur, Corrette, Festin, Baston, Woodcock, Muffat, Clérambault, Schenk, incluso Marin Marais.

Feliz y vengador me sentía.

El vecino al principio intentó defenderse, pero mis baterías, poco a poco, lo aniquilaron. Cuando incursioné en el Barroco, quiso interrumpirme con una selección que empezaba con Vivaldi y seguía con Händel. Me ofendió tanto que, por primera y única vez, fui al balcón para darle un grito:

—¿Dónde compraste esos *top hits*? ¿En Walmart?

No me sorprendió dirigirme a él en español. Mis palabras surtieron efecto.

Trató de dar la talla. Sospechaba que la Edad Media era mi terreno y que la maniobra nos reconciliaría: se equivocó. Trajo a colación *cansós* provenzales que el Studio der Frühen Musik interpretaba nórdicamente y sin vida; yo le disparé el *Planctus David* y el *Quanta Qualia* de Pedro Abelardo, mejor arreglados por ellos mismos –aquí, me lo imaginé retroceder, sin saber qué hacer–. Optó por cantos anónimos del siglo XII inglés, en versiones aburridas de Sequentia; no tuve más remedio que reírme y responder con la música arabigoandaluza reconstruida por el Atrium Musicæ de Madrid. Me vino con las *Cantigas de amigo* de Martín Codax en la versión de Philip Pickett; yo decidí acabar con él y, después de seis versiones mejores –la de Euterpe, entre ellas–, le puse a Paul Hillier y las siete *Cantigas de amor* del rey Dionisio de Portugal y, de Llull, lo que Maria Lafitte tramó con el Ensemble Unicorn y el Oni Wytars:

> Cantaben els ocells l'alba,
> i es despertà l'amat qui es l'alba;
> i los ocells finiren llur cant;
> i l'amic morí per l'amat, en l'alba.

En lo que me concernía, no éramos iguales. Podía mudarse al primer piso y escuchar música de granjeros, como los demás.

Cuando sobrevino el silencio, pasaban ya de las cuatro. El crepúsculo rojizo impregnaba la niebla. Aún hoy no sé por qué sonreí satisfecho.

Sucedió entonces lo imprevisto: golpecitos tímidos, dados con los nudillos.

Ahora no me interesaba el enfrentamiento que tanto había aplazado. Si abría la puerta, sería para tirársela en las narices. ¿Qué quería el vecino?

Decidí levantarme e ir a la entrada. Lo miraría de arriba abajo.

Era Herman. Mi cara debió de impresionarlo.

—Ese extranjero del séptimo es tremendo... Puso otra vez la música a todo volumen... Nunca habíamos tenido a nadie así, de manicomio. Abajo eso no nos molesta, pero aquí será incómodo, ¿no? Si usted quiere, puedo subir y pedirle que no repita el escándalo. No se preocupe, no voy a decir quién se queja. ¿Le llevo algún recado, le transmito algo de su parte?

La confusión de Herman me tomó desprevenido; al parecer, por nuestra conversación del otro día, no me asociaba con el estruendo.

Mientras lo atendía, sentí en la nuca una mirada penetrante. Salía del retrato de mi madre, a mis espaldas. Vacilé no por nerviosismo, sino por saberme observado: mis errores no se borrarían.

Herman esperaba la respuesta. Alguien habló en mi lugar; la voz era profunda, como venida de una gruta:

—No, gracias... Hace rato me llegó un olor a quemado: creo que se le fundió el aparato. De hecho, fíjese en el silencio que hay ahora...

El ademán de Herman fue triste: lo vi retirarse a cámara lenta escaleras abajo, abandonándome a los desperfectos, a los anillos idos por el desagüe.

Dramatizo de más; el exceso conviene para describir lo que ocurrió después.

Cuando cerré la puerta, a solas de nuevo, me senté en el sofá. Miré la niebla, enfrente, más allá del balcón. El malestar del viernes se me había evaporado. La rigidez del cuello y los hombros se aflojaba.

Descubrí, no obstante, que el atardecer estaba lejos todavía de ser normal. Un segundo o dos..., ¿cuánto duró la visión de la caída? De eso se trataba: sentado allí, perdido, capté que afuera la niebla se revolvía como si un bulto hubiese sido arrojado desde arriba. Era una sombra, una forma imposible de concretar. La vi pasar hacia abajo.

Un golpe seco en el asfalto del estacionamiento.

Momentos antes, también había notado un ruido en el piso superior, como si el vecino hubiese abierto el balcón.

El estómago: los dolores se me despertaron.

En el séptimo no se oía nada.

Tuve que hacer un esfuerzo brutal para levantarme y acercarme a la baranda. La visibilidad era nula.

No sé cuánto demoré en bajar las escaleras.

El edificio parecía abandonado, un castillo en ruinas después de un saqueo.

En algún momento quise tocar a la puerta de Herman para contarle lo que creía que había sucedido, pero una sospecha me lo impidió: ¿quién sino yo sería el culpable?

La altura no habría sido suficiente; allí agonizaría el extranjero.

Salí. La niebla, a ras del suelo, no era tan espesa.

Di con el bulto y empecé a aliviarme: en vez de un cuerpo des-coyuntado, había un saco de viaje negro, repleto de discos com-pactos, muchos de los estuches rotos.

Cogí uno que había quedado fuera: *English Mad Songs and Ayres*; clavicordio, viola da gamba y soprano. Canciones de Hen-ry Purcell.

No pensé nada. No dije nada. Caminé de vuelta y, subiendo escaleras interminables, me encerré en el apartamento.

\* \* \*

Las hojas se desprenden de las ramas. Cuando alguna sobre-vive, me pregunto quién se lo habrá permitido.

Hasta esa especie de eternidad es risible: todos somos abati-dos por alguien o por algo.

Yo lo fui hace mucho tiempo.

\* \* \*

La tristeza acuosa de ciertos *adagi* barrocos va dejando este rastro de palabras sobre cuadernos, unos sobre otros. El polvo se acumula sobre ellos.

Intento describir inútilmente las minucias que rodearon la mudanza del vecino, semanas después de la abrupta conclusión de nuestras relaciones. El camión estacionado enfrente. Los su-jetos fornidos que subían y bajaban cargando maletas, cajas. El desconocido arreaba consigo infinidad de libros; eso fue lo últi-mo que averigüé de él: era, como yo, un buen lector.

Nunca llegué a verlo bien. Luego de la mudanza, una o dos horas después de haberse marchado el camión, sentí el motor del Mercedes. Me acerqué a la baranda; presencié las maniobras del auto, la lentitud cautelosa con que avanzaba hasta la salida y, por último, tomaba el camino serpenteante entre la nieve y los arrabales de Lincoln.

Una figura oscura iba al volante.

Este fin de otoño en el que escribo dista mucho del que tenía vecinos, vecinas, conserjes y tuvo caídas. No sé cuántos años han transcurrido.

Esporádicamente, en mis ratos de devaneo, me propongo oír que alguien golpea a la puerta. Cuando encuentro a Herman, trato de dictarle un mensaje. Pero la realidad es distinta: no fue aquella la única ocasión que malgasté. Despierto. Nadie me visita, ni siquiera el conserje. Jamás ha vuelto a repetirse la escena.

Quiero olvidar y por eso me sumerjo en los libros; trato de multiplicar los instantes entre la lectura y la música. La de ahora es el único recuerdo que conservo del vecino:

> O solitude, my sweetest choice.
> Places deserted to the night,
> Remote from tumult and from noise,
> How ye my restless thoughts delight!

Presto atención a la soprano y sigo leyendo. Flotan ecos cristalinos de clavicordio. Hago a veces una pausa, ojeo las fotografías que abundan en el apartamento y regreso de inmediato a la escritura. En estos precisos momentos llevo medio cuaderno garabateado. Purcell se adueña de todo en el espacio vacío; tengo que inscribir esa melodía aquí también:

> ...o, how I solitude adore!
> That element of noblest wit,
> Where I have learn'd Apollo's love:
> For thy sake I in love am grown,
> With what thy fancy does pursue...

La serenidad del canto va ganando terreno en la vigilia. Luego viene lo demás: el presentimiento sombrío; la melancolía, que es el requisito de los otoños. Y añade la canción:

> ...But when I think upon my own,
> I hate it for that reason too;
> Because it needs must hinder me
> From seeing and from serving thee.

Solo me consolaría que ojos distintos de los míos se pasearan por estas líneas. Pero eso es improbable.

## Nebraska
**Miguel Gomes**

Se terminó de imprimir
en New York, marzo de 2023.
En su composición tipográfica
se utilizaron caracteres
de la familia Berkeley.

www.ingramcontent.com/pod-product-compliance
Lightning Source LLC
Chambersburg PA
CBHW030526260626
47157CB00005B/1903